FICHA CATALOGRÁFICA

(Preparada na Editora)

Frungilo Júnior, Wilson, 1949-

F963u   *Um dia e uma noite : Uma casa bem-assombrada /* Wilson Frungilo Júnior. Araras, SP, IDE, 1ª edição, 2025.

192 p.

ISBN 978-65-86112-87-0

1. Romance 2. Espiritismo. I. Título.

CDD-869.935
-133.9

Índices para catálogo sistemático:

1. Romance: Século 21: Literatura brasileira 869.935
2. Espiritismo 133.9

UMA CASA
BEM-ASSOMBRADA

ISBN 978-65-86112-87-0

1ª edição - fevereiro/2025

Copyright © 2025,
Instituto de Difusão Espírita - IDE

Conselho Editorial:
Doralice Scanavini Volk
Wilson Frungilo Júnior

Produção e Coordenação:
Jairo Lorenzeti

Revisão:
Isabela Falcone Oliveira

Capa:
Samuel Ferrari Carminatti

Diagramação:
Maria Isabel Estéfano Rissi

Parceiro de distribuição:
Instituto Beneficente Boa Nova
Fone: (17) 3531-4444
www.boanova.net
boanova@boanova.net

INSTITUTO DE DIFUSÃO ESPÍRITA - IDE
Rua Emílio Ferreira, 177 - Centro
CEP 13600-092 - Araras/SP - Brasil
Fones (19) 3543-2400 e 3541-5215
CNPJ 44.220.101/0001-43
Inscrição Estadual 182.010.405.118
www.ideeditora.com.br
editorial@ideeditora.com.br

Todos os direitos reservados. Nenhuma parte desta publicação pode ser reproduzida, armazenada ou transmitida, total ou parcialmente, por quaisquer métodos ou processos, sem autorização do detentor do copyright.

SUMÁRIO

1 - LEMBRANÇAS DE UM PASSADO 9

2 - OS CIÚMES DE ETEVALDO 19

3 - A TRAGÉDIA 31

4 - DOMINGOS E CARMELA 49

5 - JOSÉ DECIDE 61

6 - O SEGREDO 71

7 - O VELÓRIO DE RAIMUNDO 77

8 - A DECISÃO 85

9 - RUTE E DONA CHIQUINHA 93

10 - ESTRANHOS ACONTECIMENTOS 99

11 - O NEGÓCIO E A ESTAÇÃO 107

12 - CORRIDA CONTRA O TEMPO 117

13 - AO RETORNAR DAS LEMBRANÇAS 129

14 - INÁCIO, MABEL E MÁRCIA 135

15 - OS FENÔMENOS 145

16 - MABEL SE CONVENCE 159

17 - A REVELAÇÃO DE MARIA ROSA 169

18 - ELUCIDAÇÕES 177

19 - UMA TERNA EMOÇÃO 185

1
LEMBRANÇAS DE UM PASSADO

– DOMINGOS, A MARCINHA ESTÁ EM CASA? – perguntou Carmela, senhora de sessenta e oito anos de idade, ao marido, simpático homem, seis anos mais velho

– Ela acabou de sair com a Mabel.

– Então, vou aproveitar para tocar um pouco de piano. Este final de semana não pude executar nenhuma música e você sabe como isso me faz falta.

– É verdade. Por causa da chuva incessante,

Inácio, Mabel e nossa neta nem saíram de casa, não foi?

– Sim e quando Marcinha está aqui, nem pensar em sentar-me ao piano.

E a senhora começou, então, a executar linda melodia clássica, cujos acordes embeveciam Domingos, apesar de seu semblante demonstrar um pouco de tristeza e de preocupação, vendo a esposa ao piano.

Carmela parecia absorver a música fazendo com que seu corpo se movimentasse graciosamente, conforme seus dedos deslizavam por sobre o teclado.

"Como é linda..." – pensava o marido, deixando as belas lembranças invadirem seu pensamento e seu coração.

E, embevecido com a melodia, com os olhos cerrados, viu-se, como se estivesse sonhando, numa pequena cidade, desconhecida para ele.

Parecia ter sido transportado no tempo para uma outra localidade que, apesar de não fazer parte de suas lembranças, parecia-lhe pormenorizadamente familiar.

Na verdade, estava se lembrando, auxiliado por dois Espíritos, invisíveis a ele, de outra encarnação, imediatamente anterior àquela. E parecia estar vivendo-a, tamanha a perfeição e os detalhes.

Viu-se chegando de trem nessa pequena cidade do interior, carregando duas grandes malas. E sabia perfeitamente o que trazia dentro delas.

Já fazia quatro meses que não vinha ali, mas tinha plena consciência para onde ir. Ia para sua casa rever sua esposa e seus dois filhos. Lembrava-se bem dos nomes e das idades. Etevaldo era o seu nome e contava com quarenta e dois anos de idade. Maria Pia era a sua esposa, com trinta e sete. Angélica, com dezessete, e José, com doze anos, eram seus filhos.

Sorriu ao se lembrar com tanta perfeição daquele momento, parecendo ainda sentir saudade dos carinhos da esposa e das brincadeiras com os filhos.

Nas malas, agora quase vazias, carregava artigos femininos como pentes de osso, presilhas, colares, pulseiras, artigos de costura e algumas peças de tecido.

Etevaldo era, o que se chamava, na época, de caixeiro-viajante, um vendedor ambulante que passava tempos viajando e vendendo, principalmente para as mulheres.

Dormia em pensões e, muitas vezes, era convidado a alimentar-se na casa dos fregueses, não raro levando artigos já encomendados na visita anterior.

Era uma profissão que rendia um bom dinheiro àquele que se dispunha a permanecer meses longe do lar, retornando apenas para ficar uma ou duas semanas com a família, deixar-lhe dinheiro e colocar-se novamente no interior de um trem e, se fosse preciso, alugar um cavalo quando, já hospedado num local de uma cidade, necessitasse percorrer algumas fazendas, levando as mercadorias no lombo do animal

Quando necessário, também pagava o aluguel de uma mula, se a mercadoria fosse muito pesada.

Etevaldo gostava desse trabalho, principalmente porque se sentia importante. E o era, levando em consideração o entusiasmo com que era muito bem recebido pelas senhoras. Sentia-se como a pessoa mais desejada pelas pessoas, muitas vezes, bastante disputado para que esta ou aquela casa fosse a primeira a receber a sua visita, fato bastante compreensível, pois as primeiras teriam o privilégio de, além do encomendado, examinar e até adquirir as novidades que ele trazia consigo.

E, ao som do piano, admiravelmente executado por Carmela, continuou seu trajeto.

– Mamãe! O papai está chegando! – gritou Angélica que, naquele momento, varria o pequeno jardim defronte da casa, moradia simples, mas muito bem cuidada, por Maria Pia e a filha. A senhora nunca sabia quando o marido poderia chegar e procurava manter o lar sempre em ordem para que, quando isso acontecesse, sentisse ele a satisfação e a alegria de entrar num teto familiar e confortador.

Maria tinha consciência de que Etevaldo se sacrificava nessas viagens e tinha grande admiração por ele, homem honesto, trabalhador e cumpridor de suas responsabilidades.

– Venha, mamãe! Corra!

A mulher liberou-se imediatamente do avental, entrou apressadamente em seu quarto, procurando ajeitar os cabelos, e refazendo o coque que sempre estava presente na sua aparência. Alisou o vestido com as mãos, calçou o melhor dos calçados e disparou para a porta da rua.

Com um gesto de educação, Angélica entrou na casa e foi para o seu quarto, deixando a mãe sozinha e à vontade para recepcionar o pai. Sabia que eles iriam se abraçar e trocar um beijo e, na época, essa demonstração de carinho não era algo que se fizesse na presença dos filhos, na verdade, na presença de alguém.

José, o filho mais novo, encontrava-se na selaria de Raimundo, moço de trinta e cinco anos, que aceitara, a pedido de Etevaldo, ensinar a profissão ao menino, em troca de ele executar o serviço de limpeza da oficina.

– Meu marido – exclamou Maria, aconchegando-se ao peito de Etevaldo, abraçada que fora, assim que ele entrou na sala da casa, fechou a porta e depositou as malas no chão –, que saudade!

O homem a beijou demoradamente, o que proporcionou suave enlevo à esposa, afastando-se, em seguida, para, de mãos dadas, melhor observá-la, admirado com a sua beleza.

– Também estou morrendo de saudades, Maria.

– Mas venha até aqui e sente-se. Vou tirar-lhe as botinas e preparar uma água quente para lavar-lhe os pés – convidou a esposa.

E assim o fez Etevaldo, perguntando:

– E Angélica? Gostaria de vê-la.

– Deve estar em seu quarto. Vou chamá-la.

Poucos segundos se passaram.

– Papai! – gritou a adolescente, abraçando-o pelo pescoço – O senhor fez boa viagem?

– Viajei muito, filha, e tudo correu maravilhosamente bem. Mas nada como o aconchego do lar e permanecer por alguns dias com vocês.

Enquanto a esposa lhe tirava os calçados, ansiosa por uma resposta satisfatória, perguntou-lhe:

– Poderia nos dizer quanto tempo deverá permanecer conosco?

– Creio que umas duas semanas, Maria. Talvez, uns vinte dias.

– Ai que bom, marido! Da vez passada, ficou muito pouco.

– É verdade. Foram somente seis dias, não?

– Isso mesmo.

– É que, naquela ocasião, eu tinha me comprometido com algumas entregas mais urgentes. Mas e José? Está na selaria do Raimundo?

– Está, sim, e Raimundo está muito satisfeito com nosso filho.

– Ele lhe disse isso? – perguntou o homem, preocupado como sempre, porque, apesar de possuir total confiança na esposa, tinha ciúmes dela.

– Não, marido. Na verdade, nunca conversei com esse homem, a não ser na ocasião em que ele veio até aqui para falar com você a respeito de algumas mercadorias. E nem cheguei a lhe falar, apenas lhe respondi ao cumprimento.

– E como sabe?

– Sei o quê? – perguntou Maria, preocupada.

– Como ficou sabendo que ele está satisfeito com o nosso filho?

– Pois foi o José quem me contou. Ele disse que Raimundo falou para ele e pediu para que ele me transmitisse isso.

– Ele mandou esse recado para você?

Maria começou a ficar mais preocupada. Para ela, toda a vez que Etevaldo retornava, precisava lhe contar em detalhes tudo o que havia feito na sua ausência.

– Não foi bem para mim. Como você se encontra sempre viajando, ele pediu para José me dizer para que, assim que você chegasse, eu lhe contasse.

– Foi isso o que o nosso filho lhe disse?

– Exatamente isso e ainda pediu para que, quando você retornasse, fosse lhe fazer uma visita para que ele pudesse lhe dizer pessoalmente.

2
OS CIÚMES DE ETEVALDO

O HOMEM PERMANECEU POR ALGUNS SEgundos pensativo e, não se contendo, voltou à carga, no sentido de conseguir mais informações da esposa.

– E a mulher de Raimundo, a Yolanda, está bem? Da última vez que saí em viagem, ela se encontrava acamada e parecia ser grave.

– Oh, meu Deus, Etevaldo! Até estava me esquecendo de lhe dizer, mesmo falando sobre Raimundo. A Yolanda faleceu.

– Faleceu?! – perguntou o homem, visivelmente chocado com a notícia – E quando foi isso?

– Foi... deixe-me ver...

– Aconteceu dois dias após a partida de papai – disse a filha – Ela estava tão bonita no caixão...

– Você foi ao velório, Angélica?

– Fomos eu, mamãe e o José.

Etevaldo franziu o cenho, denotando contrariedade.

– Tivemos que ir, meu marido – explicou-se Maria –, afinal de contas, todos da cidade compareceram e achei que seria indelicadeza não irmos. Principalmente pelo fato de nosso filho trabalhar lá na selaria.

– E Raimundo?

– Bem, eu quase não o vi porque ele passou a maior parte do tempo em seu quarto, saindo apenas na hora do sepultamento.

– E vocês seguiram o enterro até a igreja e ao cemitério?

– Não, nós viemos para casa.

– Hum... E você falou com ele?

– Apenas lhe transmiti nossos pesares pelo passamento da Yolanda.

– E ele?

– Ele?

– Sim, ele. Estava muito triste?

– Oh, sim, estava deveras combalido e teve de ser amparado pelos amigos para ir caminhando até a igreja.

– E o que ele lhe falou?

– Quando?

– Quando, Maria? Quando você lhe falou sobre o seu pesar.

Angélica, que já conhecia os ciúmes do pai, começou a ficar também preocupada. Já ouvira, de outras vezes, esse tipo de conversa levar horas. Sabia que não precisava temer nenhuma espécie de alteração mais violenta, por parte do pai, porque conhecia o temperamento comedido e contido dele.

Apesar de extremamente ciumento, ele nunca passava dos limites, restringindo-se apenas a inquirir a mãe exaustivamente.

De qualquer forma, decidiu sair da sala para deixá-los conversar à vontade, não constrangendo-os com a sua presença, mesmo porque sabia que não demoraria muito para que a mãe ou o pai lhe pedisse para que os deixasse a sós.

– Bem, eu vou terminar de varrer lá fora. Com licença, papai. Com licença, mamãe.

– Vai, sim, filha. Vai fazer sua obrigação. Na hora do jantar, você e José poderão conversar melhor com seu pai.

A moça, então, foi para fora da casa, porém, desta vez, bastante preocupada porque ouvira sua mãe mentir, dizendo que não havia acompanhado o enterro.

"Mamãe não deveria ter mentido." – pensou – "Acho que ela mentiu apenas porque ficou nervosa, mas papai não pode saber disso. E, com certeza, irá confirmar com José. Meu Deus! Preciso falar com ele antes que chegue em casa. Se papai descobrir que mamãe mentiu... O pior é que tenho certeza de que ele irá tentar se informar com outras pessoas. O que fazer, meu Deus?!"

Dentro de casa, Maria respondia ao marido sobre o que Raimundo lhe dissera no momento em que lhe dera os pêsames.

– Raimundo, de cabeça baixa, apenas agradeceu.

– Está certo, ele agradeceu, mas eu lhe perguntei o que ele lhe falou, quais foram as suas palavras.

– Suas palavras?

– Sim, Maria, o que ele lhe disse ao agradecer?

– Não me lembro, Etevaldo. Acredito que ele apenas tenha dito "obrigado". Ele se encontrava visivelmente consternado e penso até que nem reparou direito quem foi que lhe deu os pêsames.

– Só isso, Maria?

– Só isso, marido. Oh, meu Deus!

– O que foi, mulher?

– Bem, perdoe-me, mas eu me enganei quando lhe disse que não fui à igreja e ao cemitério.

– Você mentiu para mim?! – perguntou o homem, com o volume de voz um pouco mais elevado, o que não deixou de ser ouvido por Angélica.

"Será que papai descobriu que a mamãe mentiu?" – pensou a garota, apurando os ouvidos, aproximando-se da janela.

– Não menti, Etevaldo, apenas confundi os velórios.

– Os velórios? Alguém mais morreu nesta cidade, na minha ausência?

– Sim, dona Giacomina, aquela velhinha, mãe do padre Giácomo.

– E você foi no velório?

– Fomos também. Eu, Angélica e José. Não poderíamos deixar de ir ao velório da mãe de nosso pároco, não é?

– Tudo bem, mas o que foi que você mentiu, afinal?

– Eu não menti, apenas me confundi. Esses dois velórios foram muito próximos. Na verdade, foi no velório de dona Giacomina que não fomos até a igreja e nem ao cemitério.

– Isso quer dizer que no caso da esposa do Raimundo, vocês foram à igreja e ao cemitério...

– Isso mesmo, marido. Desculpe-me. Eu não menti. Como já lhe disse, apenas me confundi.

– Mas por que entre os dois sepultamentos, você escolheu o da Yolanda para acompanhar? Penso que o de dona Giacomina, seria mais importante, não? Afinal ela é a mãe do Padre Giácomo.

– Não fui no dela, Etevaldo, porque achei que você não iria gostar.

– Mas se eu não iria gostar, por que foi no da esposa do Raimundo? – perguntou o homem, indignado.

"Graças a Deus!" – sussurrou Angélica, suspirando – "Pelo menos, a mamãe havia se enganado e não mentido. Ufa! Mas agora o papai quer saber porque ela não foi no da mãe do Padre, mas foi no da esposa do Raimundo. Papai já sente ciúmes e agora que ele está viúvo... Será que papai não é capaz de confiar na mamãe?!"

E Maria passou a esclarecer:

– Acontece, Etevaldo, que as pessoas, algumas mulheres que encontrei depois do velório de dona Giacomina que, na verdade, aconteceu dois dias antes do de Yolanda, indignaram-se por não termos acompanhado o enterro. Daí, quando a Yolanda faleceu, decidi ir com os nossos filhos. Você não acha que eu fiz bem? – perguntou, agora, com a intenção de encerrar aquele assunto, deixando a cargo do marido já julgar o seu procedimento e encerrar aquela questão.

Com certeza, pensou, ele deveria ter incluído na sua mente o nome de Raimundo na lista dos homens por quem sentia ciúmes.

***

Nesse instante, Domingos, que conhecia os trâmites e a necessidade das sucessivas encarnações, como aprendizado rumo à elevação espiritual, já começava a encarar aquelas lembranças como uma oportunidade que Deus lhe estava concedendo a fim de compreender tudo o que se passara em sua última vivência na carne.

Começava a se descortinar, no seu entendimento, o rumo que sua vida vinha tomando, principalmente quanto à fixação de Carmela no sentido de auxiliar sua filha Mabel, a neta Marcinha e, mais que tudo, a Inácio, o genro.

E não querendo interromper as vivas lembranças de seu passado, voltou a firmar o pensamento em seu pretérito como se uma película cinematográfica estivesse lhe sendo projetada, percebendo que, por vezes, era simplesmente um espectador, e por outras, via-se protagonizando o personagem Etevaldo.

No retorno a esse estado, ora onírico, ora bastante real, imaginando que Espíritos do Bem o auxiliavam, viu-se, desta feita, entrando na selaria de Raimundo. E isso ocorria na manhã do dia seguinte em que chegara à cidade.

José, seu filho, ainda varria a oficina.

– Papai! O senhor veio me ver trabalhar? Daqui a pouco irei cortar alguns couros, utilizando os moldes. Se quiser, poderá ver como estou aprendendo rápido – disse o garoto, visivelmente entusiasmado.

– Fico feliz em vê-lo satisfeito com o seu trabalho e com o aprendizado, José, e vou querer vê-lo cortando os couros, sim. No momento, gostaria de conversar um pouco com Raimundo.

– Ele está lá nos fundos, papai. Quer que eu o chame?

– Não será preciso, filho. Eu irei até lá. Tenho liberdade de entrar, pois ele é meu amigo. Até mais.

– Até mais, pai.

E Etevaldo entrou por uma porta que sabia,

logo mais à frente, dar num outro cômodo onde o seleiro dava o acabamento nas selas e arreios.

– Raimundo! É Etevaldo! Posso entrar?

– Entre, Etevaldo. A casa é sua.

– Obrigado – agradeceu o homem, no momento em que passava pela porta, vendo Raimundo na alta mesa de trabalho, fazendo o seu serviço.

Percebeu que o moço, apesar do sorriso a ele endereçado, trazia o semblante triste.

– Bom dia, Etevaldo. O José me disse que você tinha chegado ontem. Deve ter ficado uns quatro meses fora, não? Como foram os negócios? Boas vendas?

– Como sempre, Raimundo, foi tudo bem. Infelizmente, soube, através de Maria, que a Yolanda faleceu. Que Deus a tenha. e vim aqui para manifestar a você os meus mais sinceros pesares por isso – disse, estendendo a mão em cumprimento.

– Obrigado, meu amigo. Foi tudo muito repentino e disse o doutor Freitas que foi o coração.

– Você deve estar sofrendo muito, não, Raimundo?

– Muito, Etevaldo.

– Não vou lhe dizer que poderia imaginar o que está sentindo porque somente quem passa por isso é quem sabe. Mas faço alguma ideia porque se isso fosse comigo, não suportaria. Amo minha mulher e penso que não conseguiria viver sem ela. Com certeza, não iria cometer nenhuma bobagem, pois tenho filhos para cuidar.

– Não é fácil, não, Etevaldo. E nem tenho filhos para preencher o vazio que se instalou em meu peito.

– Você ainda é moço, Raimundo, e logo superará essa dor e, com certeza, encontrará um novo amor, uma nova esposa, não é?

3
A TRAGÉDIA

ETEVALDO, NA VERDADE, APESAR DE INIcialmente ter vindo visitar o amigo, apenas para lhe demonstrar sua solidariedade, não conseguiu vencer a si mesmo, iniciando uma sondagem nas pretensões futuras de Raimundo.

– No momento, não consigo pensar nisso, meu amigo. Dificilmente conseguirei encontrar alguém que possa substituir a Yolanda. Minha mulher era muito especial, meiga, carinhosa, você sabe... Na verdade, Etevaldo, você deve facilmente compreender o meu sofrimento, pois possui uma ótima esposa. A senhora Maria, tenho certeza, é como a Yolanda: bonita, prendada, educada, dedicada ao lar, prestativa, caridosa, enfim, uma excelente companheira, não é?

Etevaldo, em fração de segundos, enquanto o rapaz desfilava os predicados de Maria, vários pensamentos passavam pela sua cabeça, acompanhando cada palavra dita pelo amigo:

"Bonita...? prendada...? Como ele sabe? Dedicada ao lar...? prestativa...? caridosa...? que sabe ele sobre minha mulher? Excelente companheira...? Como sabe tudo isso?"

E, com o cenho franzido, tentando captar mais alguma coisa, e como o ciúme é por demais criativo, chegou a visualizar, na expressão do rapaz, um certo sentimento... ou seria desejo?

– Sim, Raimundo, minha mulher é tudo isso, sim. E muito honesta e, principalmente, fiel – respondeu, enfim, acentuando com firmeza o último adjetivo.

– Também sei disso, Etevaldo.

"Sabe? Como sabe? Será que ele já tentou alguma coisa e ela recusou?" – imaginou o homem, com a face já se avermelhando. Suas mãos suavam e a garganta tornava-se ressequida.

– Aliás – continuou Etevaldo –, nessa questão da fidelidade, sou um homem muito ciumento e, apesar de eu aparentar toda esta calma e tranquilidade, Maria me conhece muito bem. Tenho até medo de pensar numa traição por parte dela, pois, para mim, a morte seria a única solução para uma traição. Não a minha, evidente, mas a dela e do outro. Sei que, nessa hora, não teria nenhum outro pensamento que não fosse a execução dos dois, nem que tivesse de usar de tocaia para pôr termo nessa situação. Não pensaria nem em meus filhos.

Raimundo espantou-se ao ouvir o amigo falar dessa maneira sobre esse assunto e imaginou o que Etevaldo deveria sofrer com isso, pois chegava a permanecer meses sem aparecer em casa.

Imaginou também como sua esposa também deveria penar quando ele chegava, pois ele deveria lhe fazer um verdadeiro interrogatório.

E não somente um interrogatório, como, talvez, uma investigação a respeito dos passos da mulher, principalmente quando, em seguida, o amigo lhe confidenciou que havia uma pessoa da cidade que vigiava todos os passos de Maria.

– Meu Deus, Etevaldo, você contratou um espião para bisbilhotar a vida de sua mulher? Ou seria uma espiã?

– Isso ninguém sabe, Raimundo, e nem vai saber. E não contratei, não. Não pago nada por esse trabalho. Essa pessoa faz por gratidão de uma dívida para comigo.

– Compreendo – disse Raimundo, tentando imaginar quem poderia ser essa criatura.

"Com certeza, deve ser uma mulher, pois Etevaldo não iria tratar disso com um homem.! – pensou o rapaz. E não se contendo, ainda perguntou:

– Etevaldo, posso ser sincero com você?

– Claro, Raimundo. Pois diga.

– Sabe, eu não tenho nada com isso, mas não seria perigoso?

– Perigoso? Por quê?

– Bem, é lógico que não sei de quem se trata, mas fico imaginando que você deva confiar muito nessa pessoa, não?

– Com certeza, Raimundo.

– E que se essa pessoa lhe contasse alguma coisa, você acreditaria, não?

– Acreditaria, sim.

Raimundo pigarreou, um pouco constrangido, e continuou:

– Não seria perigoso se, por alguma razão, essa pessoa resolvesse mentir para você, só para prejudicar a sua esposa?

– E por que mentiria, Raimundo?

– Isso eu não saberia lhe responder.

– Não se preocupe, meu amigo, não vejo perigo algum nisso. Essa pessoa não faria isso, de jeito nenhum, porque ela me conhece muito bem e sabe do que eu seria capaz, se tal ocorresse.

– Tudo bem, tudo bem, mas vamos mudar de assunto.

Etevaldo percebeu, nesse momento, que o rapaz se encontrava um tanto nervoso e tentou ir um pouco mais longe com aquela conversa.

✳ ✳ ✳

Assim que Carmela terminou a música que estava executando, Domingos saiu por uns instantes daquele verdadeiro transe e, nesse momento em que a esposa se entregou a uma nova partitura, num lapso de consciência dele mesmo, chegou a pensar:

"Sinto que essa é a minha história de uma outra vida, tenho plena certeza disso, mas como devo ter sofrido, pressionado pelo constante ciúme. E, mesmo sem conhecer o todo dessa minha passagem pela carne, tenho a convicção de que Maria sempre foi fiel a mim."

No entanto, mesmo pensando dessa maneira, uma dúvida lhe assaltou a mente. Teria ela, realmente, devotado-lhe fidelidade ou – agora lhe assaltou uma grande incógnita – ele teria desencarnado sem ter tido essa certeza?

E imediatamente, assim que Carmela passou para um trecho mais suave, Domingos viu-se novamente como Etevaldo, ainda a conversar com Raimundo.

* * *

– Olhe, Raimundo, vou lhe segredar uma coisa.

– E o que é, Etevaldo?

– Vou lhe dizer, não quem são os meus informantes, mas como os escolho e os convenço a prestarem atenção nos passos de Maria.

– São mais de um, Etevaldo? Como faz isso?

– São várias, sim.

– Várias? Quer dizer que são mulheres?

– Isso mesmo. E é tudo muito simples

– Simples? Convencer mulheres a espiona-rem a sua?

O homem sorriu e respondeu:

– Não somente simples, como todas sabem quem são as outras.

– E não comentam isso com mais ninguém?

– Nunca comentaram.

– E por quê? Como pode ter tanta certeza?

– Porque, simplesmente, nenhuma dessas pessoas que, na verdade, são mulheres casadas...

– Mulheres casadas?

– Isso mesmo, mulheres casadas que não gostariam que outras pessoas soubessem que elas desconfiam do próprio marido.

– Como é? Desconfiam do próprio marido?

– Foi o que eu disse.

– Espere um pouco, Etevaldo – disse o ra-paz, já desconfiando da artimanha que o amigo usara e, principalmente, de sua inteligência e astú-cia. – Penso que já estou começando a perceber o que você faz para ter essas informantes e o silêncio de cada uma delas.

– Pode dizer o que pensa e confirmarei se está correto.

– Vou dizer, mas, antes, queria lhe fazer uma pergunta.

– Pode fazê-la.

– Por que é que está me revelando tudo isso? Afinal de contas, eu poderia contar aos nossos amigos e você seria alvo de muita chacota, além do que, esses homens, com certeza, iriam perguntar às suas mulheres se elas fazem parte desse grupo de espiãs.

– Eu lhe contei, Raimundo, porque quero ter certeza de que você realmente é meu amigo.

– Como assim?

– Porque, se um dia, isso tudo se tornar público, com certeza, Maria ficará sabendo e virá me questionar a respeito e, então, saberei se você é realmente meu amigo, como diz. De qualquer forma, não acredito que você irá falar a alguém a esse respeito, porque é muito inteligente.

– E por que não deveria, Etevaldo?

– Simplesmente porque eu negaria esse fato e você ficaria desacreditado na cidade, tendo em vista que nenhuma dessas senhoras, minhas colaboradoras, iria confessar ao marido que faz parte desse grupo.

– Você é incrivelmente inteligente, Etevaldo. Agora, diga-me uma coisa: nunca nenhuma dessas mulheres lhe revelou qualquer desconfiança com respeito a Maria?

– Ainda não, mas você não disse que iria me dizer como consegui isso? Conversamos até agora como se você soubesse, mas ainda não me disse o que pensa.

– Bem, tudo me parece simples. Você procurou cada uma dessas mulheres, e lhe disse que chega a passar meses fora de casa e que se encontra preocupado com sua esposa aqui, sozinha. Não sei se chegou a tanto, mas creio que talvez diga que desconfia que o marido dela esteja encantado com Maria e que seria bom ela vigiá-la. É assim que funciona, não?

– É mais ou menos assim, com a diferença de que sou muito persuasivo quando converso com elas. Na verdade, elas não vigiam Maria apenas em relação ao marido delas, mas também em relação ao marido das outras mulheres.

– E por quê?

– Porque se descobrirem alguma coisa, virão me contar, pois ficariam livres do interesse de seus próprios maridos sobre a Maria, diante de minha inevitável e fatal reação.

Raimundo ficou pensativo por alguns segundos e disse ao amigo:

– Etevaldo, você não acha que está sendo injusto com sua esposa, fazendo isso?

– Eu não estou sendo injusto, não! – exclamou o homem, agora demonstrando visível contrariedade com as palavras do rapaz – Eu só estou procurando defender o que é meu. Se Maria não sucumbir às investidas desses safados, não tem nada a temer!

– Etevaldo, penso que você já está exagerando nessa história toda, inclusive vendo o que não existe. Esses homens, nos quais você não confia, e teme que invistam contra a Maria, não são safados e muito menos estão tentando alguma coisa. Você os está julgando injustamente e sem provas.

– Como você sabe, hein? Como pode defendê-los se nem os conhece? Ou os conhece? Fale, Raimundo! Fale tudo o que sabe!

– Eu não sei de nada, Etevaldo. O que acho é que você precisa confiar mais em sua esposa. O que você sente é perigoso, pois, de repente, se imaginar o que não existe, poderá provocar alguma desgraça.

– E pode ter certeza de que acontecerá, sim, se algum de vocês se aproximar de Maria!

– Algum de nós? Você me inclui nesse rol?

– E por que não? Ainda mais agora que está viúvo e não tem ninguém para vigiá-lo.

– O quê? Por acaso, você envolveu minha Yolanda nesse seu jogo sujo?

– Jogo sujo?

– Jogo sujo, sim! Diga! Você se aproximou de minha esposa, fazendo com que ela acreditasse que eu poderia estar tentando ter um caso com sua esposa? Você fez isso, Etevaldo? Você está louco! Louco é o que você é! Pois fique sabendo que vou falar sobre isso com todos os meus amigos da nossa pequena cidade.

– Você não pode fazer isso, Raimundo!

– E por que não posso? Por que todas as mulheres iriam dizer aos seus maridos que isso é uma mentira, criada por mim?

– É isso mesmo.

– Você acha que nenhuma delas não acabará dando com a língua nos dentes se o marido a pressionar para valer?

– Não faça isso, Raimundo!

– E você ainda não respondeu à pergunta

que eu lhe fiz: você inventou coisas sobre mim para a minha falecida Yolanda? Fale!

E Raimundo não se contendo, agarrou Etevaldo pelos colarinhos, balançando-o e gritando:

— Fale, desgraçado!

Nesse momento, José, atraído pelos gritos, agora audíveis, entrou na saleta e viu quando Raimundo gritava com seu pai, já lhe apertando o pescoço.

— Solte o meu pai, seu Raimundo! O senhor irá matá-lo! Por que está fazendo isso? Solte o meu pai!

— Este homem é um canalha, José! E eu vou matá-lo!

José, desesperado, saltou sobre Raimundo. Apesar de seus apenas doze anos de idade, era um garoto forte e pesado, o que fez com que o agressor soltasse Etevaldo e, desequilibrando-se, caísse sobre pequena mesa de metal, chocando a cabeça com violência sobre a quina do móvel.

E, ali mesmo, Raimundo sucumbiu à morte instantânea, inerte no frio chão, olhos abertos e um fio de sangue a lhe escorrer da fronte.

– Ele morreu, papai? Raimundo, fale comigo! – gritou o garoto, desesperado, tentando fazer com que o rapaz retornasse à consciência.

– Meu Deus!

– O que vamos fazer, papai?

– Tenha calma, filho e... vamos fazer o seguinte... preste atenção. Você não teve culpa, certo?

– Mas por que ele estava querendo matar o senhor? Foi o que ele disse...

– Esse Raimundo é meio louco, José! Nós estávamos conversando e ele, de repente, atacou-me, como se estivesse possuído pelo cão.

– Por nada, pai?

– Por nada, filho. Não consigo entender. Mas vamos fazer o seguinte: você chama os policiais e diz que estava trabalhando lá na frente e, de repente, ouviu um grito. Diga que correu aqui para ver o que era e encontrou o Raimundo caído morto, desse jeito.

– Terei de mentir, pai?

– É o melhor a fazer, filho. Eu vou embora e você faz isso, certo? Não diga que eu estive aqui e nem para a sua mãe, entendeu?

– Sim, papai, vou fazer o que o senhor está me dizendo.

– Ótimo, José. Faça isso e não se preocupe, nem fique com a consciência pesada, pois não teve culpa. E obrigado por salvar a minha vida. Ser-lhe--ei eternamente grato.

– Mas não seria melhor contar tudo aos policiais? O senhor também não teve culpa. Por que mentir?

– Faça o que eu lhe disse, filho. Vai ser melhor, porque os policiais poderão não acreditar no que aconteceu, achar que eu tive culpa e irão tentar investigar... e o que poderá acontecer? Talvez muitas pessoas da cidade não venham também a acreditar e eu ficarei mal perante todos. Além do que terei de viajar para trabalhar e temo por você.

– Por mim? Por quê?

– Porque se você disser que o atacou para me defender, poderão até hostilizá-lo, se não acreditarem nessa história.

– Compreendo, papai. Vou fazer o que o senhor me pede. Até porque, agora, nada irá fazer Raimundo voltar a viver, não é?

– Isso mesmo, José. Nada irá ressuscitá-lo.

4
DOMINGOS e CARMELA

Mais uma vez, Domingos voltou à consciência, saindo das lembranças. Carmela já se encontrava nos últimos acordes da música.

Nesse momento, o homem ouviu um carro chegar e correu para avisar a esposa.

– Carmela, pare de tocar. Marcinha já está chegando. Vamos para o nosso quarto.

A mulher interrompeu imediatamente a execução da música e o acompanhou.

– Ainda bem que você os ouviu, Domingos.

Já no quarto, o casal de idosos deitou-se na larga cama de casal e Carmela aconchegou-se ao peito do marido.

– O que você estava fazendo, querido?

– Estava sentado na poltrona, ouvindo você tocar.

E tomando as mãos da esposa entre as suas, disse, cheio de ternura:

– Estas mãos continuam mágicas, Carmela. Lindas, deslizando pelo teclado, mais ágeis e precisas do que sempre foram.

– Você acha que estou tocando melhor agora, Domingos?

– Muito melhor, querida. Suas mãos se transformaram em mãos de anjo. Um anjo lindo e leve como uma pluma.

– Obrigada pelas palavras, sempre tão gentis para comigo.

– Eu a amo, Carmela. Sempre a amei e irei amá-la por toda a eternidade.

– Eu também o amo muito... Mas noto algo de grave no seu olhar. Alguma coisa o está preocupando. Sinto isso.

O homem pensou um pouco e, com muita habilidade, entrou no assunto com a esposa.

– Sabe, Carmela, eu estava pensando, enquanto você tocava, no que aprendemos sobre as sucessivas encarnações que todos temos de viver a fim de podermos aprender cada vez mais com as diversas experiências, a caminho da evolução espiritual.

– A Doutrina Espírita é uma bênção, não, querido? Ela nos dá as explicações tão necessárias e tão lógicas para que possamos compreender o significado da vida e, dessa forma, vivermos em paz, mesmo nos momentos mais difíceis.

– Sim, ela nos traz consolo, através do entendimento, traz a esperança porque sabemos que somos eternos e até pelo fato de ela nos provar a existência de Deus, nosso pai e criador, soberanamente justo e bom.

– Mas o que é que você estava pensando sobre as diversas encarnações?

Domingos pensou um pouco, pois não queria dizer ainda à esposa sobre as suas lembranças e passou a lhe falar de uma maneira geral sobre o assunto. E gostava de conversar a respeito disso com ela, porque Carmela tinha adquirido maior conhecimento, tendo em vista a sua maior elevação moral, pensava ele.

– Sabe, querida, eu sempre havia pensado que depois da morte, o Espírito iria direto para o Céu, como é denominado um lugar de muita alegria e paz, o Paraíso. Até imaginava que poder-se-ia encontrar com Deus e com Jesus.

– Eu também imaginava assim, antes de conhecer a Doutrina Espírita, querido. Mas seria muita pretensão de nossa parte, não?

– Isso mesmo. Eu achava que bastava não praticar o mal, seguir os dez mandamentos e cumprir as obrigações religiosas, na verdade, criadas pelo homem, para receber essa graça.

– Mas não poderia ser assim, não é?

– Não, porque Jesus nos deixou o ensinamento do amor ao próximo.

– Na verdade, Jesus resumiu e simplificou os dez mandamentos, transmitidos mediunicamente a Moisés, naquela época necessários que fossem daquela maneira para que o povo, daquela época, pudesse compreender, ponto por ponto. E os transformou em apenas duas diretrizes.

– Amar a Deus, ou seja, reconhecer a Sua existência, como criador de todo o Universo e da vida, bem como crer na Sua justiça, misericórdia e amor...

– E amar ao próximo como a nós mesmos, ou seja, fazer pelo semelhante tudo o que desejaríamos que todo e qualquer semelhante nos fizesse.

– E os Espíritos, através do trabalho dedicado de Allan Kardec e de todos os médiuns que se prestavam a receber os seus ensinamentos, nos ensinaram ainda que não bastava não fazer o mal, mas, sim, fazer o bem até o limite de nossas forças.

– E que seríamos responsáveis diretos pelo bem que deixássemos de fazer, inclusive pelas suas consequências se, tendo condições de fazê-lo, não o fizéssemos, por negligência ou por egoísmo.

– E explicaram ainda que para não fazer o mal, bastaria que nada fizéssemos e que isso não teria mérito algum perante o bem que, esse sim, demandaria, muitas vezes, sacrifícios de nossa parte.

– Eu me lembro bem de um livro que li, no qual um Espírito dizia que o segredo da felicidade, por tudo o que Jesus nos ensinou e exemplificou, seria o de nos alegrarmos com a felicidade do próximo e, inclusive, muito mais ainda, se nos esforçássemos para isso ocorresse.

– Também li e esse Espírito era o de um "preto velho", não?

– Sim.

– Ele também dizia que somente o que nos acontecia de bom era muito pouco diante da felicidade que poderíamos sentir com a felicidade de nosso próximo porque o número de "próximos", vamos dizer assim, era infinito.

– Que sabedoria, não?

– Mas voltando ao assunto das diversas encarnações, é muito simples compreender a necessidade delas, haja vista que é de uma grande lógica imaginarmos que alguém que viesse a viver cinquenta, sessenta, setenta, oitenta ou mais anos de vida, pouco tempo viveu para se achar digno de ir para um Céu ou Paraíso.

– Ou mesmo para se encontrar com Deus, após a morte, como pensávamos, não?

– E é lógico porque mesmo que alguém viesse a viver mais de cem anos, não teria passado por todas as experiências necessárias, como prova de sua bondade e de fé cristã. Seria como alguém a desejar diplomar-se com apenas poucos anos de estudo, não é?

– Até porque a própria condição em que cada Espírito reencarna num corpo, é diferente da de outro. Uns nascem com condições para uma vida normal, outros, com deficiências, uns nascem com facilitadores materiais, outros chegam a passar fome. E se fosse dessa maneira, Deus estaria sendo injusto colocando suas criaturas, umas em situações fáceis de vida e outras que só sofreriam. E Deus, justo e bom, não faria isso a Seu bel-prazer.

– Na verdade, todos temos de passar por todos os tipos de aprendizado e isso seria impossível se vivêssemos uma só vida na Terra ou em qualquer outro lugar do Universo.

– Outra coisa importante que a Doutrina Espírita nos explica é que Deus não criaria, dentro do Universo infinito, apenas um mundo para ser habitado. Jesus mesmo afirmou que há muitas moradas na casa de Seu Pai.

– Só que o homem, que se acha o dono da verdade, em sua doentia pretensão, só crê no que vê ou pode compreender e, hoje, através dos Espíritos, sabemos que existe uma infinidade de mundos habitados, em outras dimensões inclusive, e que não os veríamos mesmo que conseguíssemos pousar num desses planetas, em torno do qual esses mundos gravitam.

– E voltando às diversas encarnações, também hoje sabemos que, muitas vezes, temos de reencarnar junto àqueles a quem, um dia, viemos a prejudicar, a fim de termos a oportunidade de corrigirmos o mal cometido, situações que podem até serem solicitadas por nós mesmos, pressionados pelo arrependimento.

– Sem contar que temos o livre-arbítrio para que possamos escolher o nosso destino. Deus deseja que nós próprios construamos o nosso futuro. Ele criou o Universo, mas deixou a nós a oportunidade de construir a nossa própria vida. Também li isso num livro.

– E como facilitador, dotou-nos do esquecimento de nossas vidas passadas, pois seria muito difícil convivermos com alguma pessoa sabendo que ela nos fez um grande mal, ocasionando-nos um enorme sofrimento. E pior ainda seria convivermos com irmãos que se recordassem do mal que lhe causamos em vidas passadas.

– Mas também pode ocorrer de Deus permitir que viéssemos a saber sobre alguma encarnação anterior a fim de que compreendêssemos certas dificuldades ou traçar planos para resgatarmos débitos, não?

– Sim, mas somente se fosse realmente necessário.

– Isso mesmo.

Domingos agora permaneceu, por alguns segundos, em silêncio, pesando bem as palavras até que, finalmente, agora resolvido, disse à esposa:

– Sabe, Carmela, gostaria de lhe falar exatamente sobre isso.

– Sobre a lembrança da vida ou vidas passadas?

– Isso mesmo, porque isso está acontecendo comigo. Na verdade, começou a ocorrer quando você tocava piano.

– Você começou a se lembrar de alguma encarnação?

– Sim e foram imagens muito nítidas. Por vezes, eu parecia estar vivendo aquilo tudo, de outras, parecia estar assistindo, visualizando a mim mesmo, como se fosse um filme cinematográfico. Você entende?

– Entendo perfeitamente, querido. Devo lhe confessar que já passei por esse tipo de experiência. E percebi Espíritos do Bem ao meu redor, auxiliando-me nesse processo.

– De minha parte, não os vejo, mas percebo a presença deles. Mas você disse já ter passado por isso? Por que nunca me disse nada?

– Porque quando isso aconteceu, lembrei-me perfeitamente de uma vida vivida com você.

– Meu Deus! Seria essa mesma vida que estou me recordando? Quem ou o que éramos nessa encarnação, Carmela?

– Domingos, sinto forte inspiração de que não devo lhe revelar isso.

– E por quê?

– Porque se eu lhe contar, com certeza, sabedor de minha história, ela poderia comprometer as suas lembranças.

– Tem razão, Carmela.

– E você sabe quando poderá continuar a ter essas lembranças, Domingos?

– Tenho a impressão de que se eu me dispuser a isso e fechar os olhos, talvez eu consiga.

– Percebo a presença de Espíritos elevados aqui entre nós, querido. Cerre os olhos e deixe que seus pensamentos o levem. Vou ficar aqui ao seu lado e orar para ajudá-lo. Deite-se o mais confortavelmente possível.

5
JOSÉ DECIDE

E O HOMEM ACOMODOU A CABEÇA NO TRA-
vesseiro e, fechando os olhos, procurou se lembrar
do último acontecimento que vivera há pouco, enquanto a esposa tocava piano.

Rememorou, então, as últimas palavras pro-
feridas pelo filho e por ele:

"Compreendo, papai. Vou fazer o que o senhor me pede. Até porque, agora, nada vai fazer
Raimundo voltar a viver, não é?"

"– Isso mesmo, José. Nada irá ressuscitá-lo."

E, dizendo isso, Etevaldo saiu da selaria, não sem antes verificar se alguém poderia vê-lo. Desceu por uma rua e, dando extensa volta, passando por um matagal que delimitava a cidade, retornou para casa pelo outro lado.

Uma boa medida, pois Maria o viu chegar dessa direção.

– Por onde você andou, Etevaldo?

– Caminhei um pouco ao lado da mata para sentir o aroma de suas árvores, e estou retornando.

– Já foi fazer uma visita ao José na selaria? Ele gostaria tanto que você o visse cortar o couro.

– Vou sim, Maria. Daqui a pouco irei até lá, inclusive para levar os meus pêsames a Raimundo. Antes, vou tomar uma xícara de café.

– Irei servi-lo, querido. Vamos entrar.

E enquanto o homem tomava o café, conversaram por um bom tempo sobre os mais diversos assuntos, iniciados por Etevaldo com o propósito de fazer o tempo correr antes de ir até a selaria. E já estava para dizer à esposa que iria sair, quando esta lhe confidenciou:

– Sabe, marido, tenho me sentido muito sozinha aqui na cidade quando você viaja. E confesso que sinto um pouco de medo. Há algum tempo isso vem acontecendo comigo.

– Medo? Medo do quê, mulher?

– Eu não saberia lhe dizer, mas de uns dois anos para cá, e cada vez mais intensamente, sinto que as mulheres da cidade parecem me vigiar. Não todas, mas algumas delas, umas oito ou dez, talvez.

– Vigiá-la?

– Sim. Você sabe que eu pouco saio de casa, a não ser para ir à igreja, aos domingos. Mas quando saio, sempre acabo me deparando com uma delas por perto, parecendo me examinar.

– Deve ser impressão sua, Maria.

– Pode ser, mas por que sempre as mesmas? Parece até que tentam descobrir se estou fazendo alguma coisa de errado, talvez por eu morar sozinha com Angélica e José, e de você se ausentar por um bom tempo.

– E você tem medo de que elas a estejam vigiando, quer dizer, se realmente isso está acontecendo?

– Não tenho medo algum, pois não devo nada e não faço nada de errado.

– Então...

– Tudo bem, Etevaldo, não vá se preocupar com isso. Sei muito bem cuidar de mim.

– Sei que sabe, Maria. Bem, agora vou até a selaria ver José e Raimundo.

– Vá, sim. José irá gostar muito. Ele está muito satisfeito e diz que escolheu muito bem a profissão para aprender.

"Pobre José" – pensou Etevaldo, realmente preocupado, pois o garoto não poderia mais ter o aprendizado enquanto não chegasse um outro seleiro na cidade. – "Culpa sua, Etevaldo" – pensou ainda, culpando-se pelo acontecido – "Precisava dar a entender ao rapaz que sua falecida esposa fora uma das suas informantes?" – Mas agora não dava mais para mudar o que acontecera e o culpado foi ele, sem dúvida. Precisava atacá-lo daquela maneira?

E ainda estava com esses pensamentos, quando José entrou em casa, correndo e chorando.

– O que aconteceu, filho?! – perguntou a mãe, assustada.

O garoto abraçou-se a ela e continuou a soluçar, sem conseguir falar.

– Acalme-se, José – disse Etevaldo –, e nos conte o que aconteceu. Controle-se.

– Venha comigo até a cozinha, filho. Vou lhe dar um copo d'água com açúcar para você se acalmar.

E o garoto, abraçando Maria, acompanhou-a, enquanto o pai o seguia, procurando manter a calma. Alguma coisa teria dado errado ou o menino apenas se encontrava nervoso?

– Sente-se aqui, José, e tome esta água. Vai acalmá-lo e, por favor, fale para nós o motivo desse seu desespero.

E José, entre soluços, revelou:

– O Raimundo, mãe... Ele está morto!

– O quê?! – exclamou Maria, acompanhada por Etevaldo, que fingia surpresa.

– Como assim, filho? Morto? – ainda perguntou o homem.

– Sim, papai.

– Mas como foi isso? – indagou a mulher, não conseguindo acreditar.

– Foi assim – começou a explicar José –: eu estava cortando os couros na parte da frente da selaria, quando ouvi um grito, vindo da saleta onde Raimundo estava trabalhando e quando cheguei lá...

E o garoto recomeçou a chorar.

– Diga, filho, o que aconteceu quando chegou lá?

– Quando cheguei lá... Raimundo estava caído no chão e saía sangue de sua cabeça.

– Meu Deus!

– Acho que ele bateu na quina de uma mesa de ferro.

– Por que você acha isso, filho?

– Porque só pode ter sido, pelo menos foi o que os policiais imaginam que tenha acontecido.

– Policiais? Eles foram até lá?

– Foram, mamãe.

– Mas quem os chamou? – perguntou Etevaldo.

– Quando vi o Raimundo caído, chamei por ele várias vezes, mas ele não respondeu e concluí que estivesse morto porque estava com os olhos abertos, sem se mexer.

– E o que você fez?

– Eu corri para a rua e chamei um homem que estava passando... aquele homem que é ferreiro... até esqueci o nome dele.

– O senhor Aníbal?

– Isso mesmo. E seu Anibal correu até a saleta e voltou rápido, indo chamar os policiais.

– E o que eles fizeram, filho? – perguntou Etevaldo, um pouco preocupado com a reação de José e temeroso de que ele tivesse dito a verdade. Apesar de que não dissera nada para a mãe sobre o que verdadeiramente havia ocorrido.

– Eles chegaram rápido e me perguntaram se eu tinha mexido no corpo e eu lhes disse que nem cheguei muito perto. Daí, contei o que aconteceu.

– E... – ainda indagou Etevaldo.

– Eles me pediram que eu viesse para casa e voltasse lá com o senhor, pai. Eu vou ter de dizer novamente o que aconteceu e o senhor vai ter de estar junto comigo. O senhor ou a mamãe.

– Entendo...

– Meu Deus! Qual terá sido o motivo de ele ter caído e batido a cabeça? – pensou alto Maria – Será que teve um desmaio?

– Só pode ser, mãe.

– Mas tão jovem... Ele lhe disse alguma coisa sobre estar tendo tonturas, filho?

– Não, Raimundo era um moço muito forte.

– Que Deus o tenha. A ele e a Yolanda, sua esposa. Agora, devem ter se encontrado no Céu, não, marido?

– Com certeza, querida.

José olhou para o pai como se desejasse ouvi-lo dizer alguma coisa que o acalmasse.

– Sabe, filho, foi até bom que o Raimundo morresse porque ele estava sofrendo muito com a morte da Yolanda e, como disse sua mãe, ele só pode estar muito feliz neste momento, junto dela, sua muito amada esposa.

– O senhor acredita nisso, papai? E a senhora, mamãe?

– Acreditamos, sim, José – afirmou a mulher, abraçando o garoto – Penso até que a bondade de Deus deve ter provocado a sua morte para que ele não sofresse mais.

– Fico mais tranquilo, então. Só fico triste porque não poderei mais aprender aquela profissão. E eu estava gostando tanto.

– Não se preocupe, filho. Raimundo tem um irmão que talvez resolva trabalhar com isso ou, mesmo, vender o negócio para uma outra pessoa. E quando uma dessas duas hipóteses vier a acontecer, seu pai irá tratar para que você volte a trabalhar lá novamente.

– Está bem.

– Vamos lá, então, José, falar com os policiais.

– Vamos, papai, mas não quero mais ver o corpo do Raimundo.

– Está bem e vamos andando. Não devemos fazê-los esperar.

– Vão com Deus! – desejou Maria.

6
o SEGREDO

CHEGARAM À SELARIA E OS POLICIAIS JÁ estavam auxiliando o encarregado da cidade em promover os serviços funerários, retirando o corpo e colocando-o num coche apropriado.

Aníbal, o ferreiro, ainda se encontrava por lá, assim como Servílio, com trinta e oito anos de idade, irmão mais velho de Raimundo. Era casado com Rute, que ficara em casa, uma propriedade rural próxima à cidade. Um amigo havia ido avisá-lo sobre o falecimento do irmão.

Quando Etevaldo e José se aproximaram, Servílio abordou o garoto, enchendo-o de perguntas, parecendo não acreditar que o irmão simplesmente desmaiara e batera com a cabeça.

– Diga-me uma coisa, menino, você não viu ninguém com ele ou saindo pelos fundos da casa?

– Já lhe disse que não, senhor. Não havia ninguém – respondeu, olhando para o pai, como se procurasse um apoio ou uma concordância às suas respostas.

– O senhor esteve aqui, seu Etevaldo? – ainda perguntou.

– Não, senhor. Até estava para vir porque meu filho, que estava aprendendo a profissão com Raimundo, queria que eu viesse para vê-lo cortar os couros. E também para prestar meus pêsames pela morte da senhora Yolanda.

Nesse momento, aproximou-se um dos policiais, dizendo:

– Senhor Servílio, esse trabalho é da polícia. E agora quem irá fazer as perguntas sou eu. Se quiser, poderá assistir, mas, por favor, não interrompa o meu interrogatório.

– Interrogatório, senhor policial? – perguntou Etevaldo – José é apenas uma criança.

– O senhor me desculpe, mas estou acostumado a usar essa palavra. Vamos dizer que desejo fazer algumas perguntas ao seu filho. E necessito que o senhor esteja presente para ouvi-las e também as respostas.

– Tudo bem. O senhor pode começar as perguntas.

E o policial fez uma série de indagações a José, na verdade, não muito diferentes das que Servílio havia feito, dispensando-o em seguida.

***

No caminho de volta a casa, José perguntou:

– E agora, papai?

– Tenho certeza de que pelo fato de você não ter visto ninguém, a polícia dará o caso por encerrado, apontando como causa da morte, um mal-estar ou desmaio de Raimundo, com a consequente pancada da cabeça contra a quina da mesa. Nada mais.

— Mas o senhor acha mesmo que eu fiz o certo?

— Não somente o fez, filho, como cumpriu o seu dever de bom filho, defendendo a vida de seu pai e, como lhe disse, ser-lhe-ei eternamente grato por isso.

— Não sou um...

— Diga, José.

— ... um assassino?

— De forma alguma. Assassino é aquele que tira a vida de alguém porque deseja fazer isso. Mas você, não. Você nunca iria imaginar que Raimundo acabaria morrendo. Você apenas o empurrou para me salvar. A fatalidade, sim, o fez bater com a cabeça. Posso mesmo dizer, que ele morreu porque Deus assim o quis, até porque, se isso não tivesse acontecido, ele poderia, não somente me matar, como a você também. Ele estava enlouquecido.

— O senhor tem toda a razão, pai. Não devo

me preocupar mais com o que aconteceu. Depois dessa sua explicação, sinto-me mais tranquilo.

— E não deve se esquecer nunca de uma coisa.

— Do que, papai?

— Não deverá contar isso a ninguém, certo? Muito menos à sua mãe.

— Não contarei a ninguém, meu pai. Esse será um segredo somente nosso.

— Isso mesmo, José. Um segredo só nosso. E que filho não gostaria de ter um segredo que só ele e seu pai soubessem, não é? Além do mais, se a polícia viesse a saber que eu estava com ele, não iria acreditar na sua história e eu, provavelmente, seria preso ou, pelo menos, um eterno suspeito por todos da cidade.

— É verdade. E sei que não foi o senhor. E, mesmo lamentando muito a morte de Raimundo, sinto orgulho de ter um segredo que somente nós dois conhecemos.

E, dizendo isso, o garoto abraçou-se a Etevaldo.

7
O VELÓRIO DE RAIMUNDO

No velório, mais à noite, compareceram Etevaldo, Maria Pia, Angélica e José para prestar solidariedade a Servílio e à sua esposa Rute, únicos parentes vivos de Raimundo.

Quando os cumprimentaram, Rute encarou Etevaldo de maneira hostil, o que não passou despercebido dele. Felizmente, a mulher soube fingir e mudou a expressão a tempo de seu marido nada notar.

Maria sentou-se ao lado de uma senhora, sua

vizinha, e ficou a conversar com ela, em voz baixa e respeitando o ambiente triste da casa do falecido, onde era realizado o velório.

Praticamente todos os habitantes daquela pequena cidade compareceram, uns saindo para que outros entrassem, pois apenas dois cômodos foram utilizados: a sala de jantar e a cozinha. As outras duas dependências, onde se localizava a oficina, permaneceram com as portas fechadas.

José olhava para a porta da saleta onde tudo tinha acontecido e a tristeza lhe invadia o coração em pensar que Raimundo havia morrido. Gostava muito dele, pois era muito paciencioso, ensinando-o, como sempre, nos mínimos detalhes que aquele trabalho necessitava. Havia sido o seu atual melhor amigo.

A madrugada chegou e poucas pessoas permaneceram na casa, comprometendo-se a retornarem logo de manhã para o sepultamento. Vez ou outra, Etevaldo encontrava o olhar de Rute, que insistia em demonstrar hostilidade para com ele. De repente, olhando firme, encaminhou-se para a cozinha, fazendo-lhe um sinal com a cabeça como que convidando-o a encontrar-se com ela.

– Maria – disse à esposa –, vou tomar um copo d'água e já volto.

– Pode ir.

Ao entrar no cômodo, encontrou a mulher encostada na pia, aguardando-o.

– Tudo bem, senhora Rute? – perguntou.

– Não, nada está bem. Não tenho muito tempo para lhe falar, senhor Etevaldo, pois alguém poderá vir aqui a qualquer momento.

– E sobre o que deseja me falar, senhora?

– Quero apenas lhe dizer que não estou acreditando em nada do que seu filho contou aos policiais.

– Como assim?!

– Não se faça de tolo, homem. Sei que estava lá com seu filho quando tudo aconteceu.

– Que o senhor estava lá com seu filho quando tudo aconteceu, senhor Etevaldo.

– Não estou entendendo...

– Já lhe disse para não se fazer de tolo! E tenho quase certeza de que o senhor teve alguma coisa a ver com a morte de Raimundo e que seu filho está acobertando.

– Como pode dizer uma coisa dessa? – perguntou o homem, agora nervoso, sempre olhando para o lado da porta a fim de verificar se ninguém estava chegando à cozinha.

– Porque tenho razões suficientes para crer que o senhor está envolvido, não somente com essa morte como com a de Yolanda, esposa do Raimundo.

– O quê?! Você está louca, Rute?!

– Senhora Rute, por favor.

– Sim... desculpe-me, senhora Rute.

– E não estou louca, não. Antes de o senhor viajar, Yolanda me procurou para me dizer que iria contar ao Raimundo que ela estava vigiando Maria, a seu pedido. Disse-me que não podia mais fazer isso e que não queria mais ter esse segredo para com o marido, porque confiava nele. E também me revelou que dissera isso ao senhor. Seria o seu fim, não?

– A senhora tem razão. Ela me disse isso e eu lhe disse que não precisava mais vigiar minha mulher, mas lhe pedi que não contasse nada ao Raimundo, prometendo-lhe que, de minha parte, ele não saberia nunca.

– Sim, eu sei disso, mas ela lhe respondeu que iria contar, sim, pois não desejava mais continuar com esse segredo.

– Tudo bem, mas o que é que eu teria com a morte dela?

– Yolanda adoeceu no dia seguinte à sua partida e eu encontrei, jogado no meio do mato, um pequenino frasco com um veneno mortal. Com muita precaução, tomei informações e descobri que aquela droga agia lentamente no organismo, levando à morte em menos de dois dias, tempo que Yolanda levou para morrer.

– Mas não fui eu, senhora Rute.

– Não mesmo?

– Aonde a senhora está querendo chegar?

– Quero que confesse esses seus dois crimes.

– Mas não tenho nada a confessar...!

– O que você quer que o senhor Etevaldo confesse, Rute? – perguntou Servílio, seu marido, entrando na cozinha repentinamente.

A mulher, com grande presença de espírito, respondeu:

– Pois eu estava dizendo aqui para o senhor Etevaldo que ele devia ir às missas, quando se encontra na cidade, e confessar-se com o padre, para poder receber a comunhão, aos domingos. Mas ele diz que não tem o que confessar, pois é um homem honesto e direito.

– Penso que ele tem medo da confissão, não, senhor Etevaldo? – disse Servílio, olhando-o fixamente.

– Não tenho medo, não, senhor Servílio. É

que realmente não teria nada a confessar. Sou um homem honrado e temente a Deus – respondeu, mas sem saber se Rute teria contado algo ao marido – E, se me dão licença, vou voltar para junto de minha mulher. Só vim tomar um copo d'água.

– Fique à vontade, senhor – respondeu Servílio.

"Meu Deus! Um frasco de veneno? Quem teria usado isso? Será que foi contra Yolanda? Não posso acreditar. – começou a pensar Etevaldo – Eu, sim, teria motivos para fazê-la desaparecer, mas não teria coragem. E, agora, Rute me vem com essa conversa... Acha que fui eu quem a matou e ao Raimundo... Preciso tomar cuidado com essa mulher. Mas o que posso fazer? Talvez tenha chegado a hora de eu me mudar desta cidade, ir para bem longe e começar uma vida nova. Mas teria de vender minha casa primeiro, antes que essa mulher possa fazer algo contra mim, talvez revelando esse meu segredo. Seria ela capaz disso? Para tanto, teria de contar, ao esposo, que ela também vigia ...

ou não... minha esposa, pois poderia lhe dizer que ficou sabendo de toda essa trama através de Yolanda e, se pressionada, negaria estar envolvida nessa história toda. E penso que seu marido iria acreditar nela, não em mim. Seria uma palavra contra a outra, se eu lhe dissesse... Se eu dissesse? Eu não teria coragem, nem faria uma loucura dessa ou ele teria a mesma reação violenta de Raimundo. Meu Deus, terei mesmo de me mudar daqui com a minha família"

Com esses pensamentos, falou com a esposa:

– Maria, eu estou muito cansado e acho que deveríamos ir para casa e voltarmos amanhã. O que acha? José e Angélica também devem estar cansados, principalmente José.

– Você tem razão, marido. Vamos. Amanhã cedo retornaremos. Vou chamar as crianças.

8
A DECISÃO

EM CASA, JÁ DEITADOS...

– Maria, preciso lhe falar sobre uma resolução que estou pensando em tomar e que venho matutando há algum tempo.

– Resolução?

– Sim. Penso que poderíamos nos mudar desta cidade.

– Mudar, Etevaldo? Por quê?

– Estava pensando em mudarmos para uma cidade que gosto muito. Uma cidade maior que esta e que poderia ser melhor para o futuro de nossos filhos. Além do que, ela se localiza equidistante dos locais para os quais viajo e isso faria com que eu não precisasse permanecer tanto tempo longe de casa. O que acha?

– Você poderia ficar mais tempo conosco?

– Isso mesmo e já me encontro um pouco cansado de viajar grandes distâncias.

– Mas isso seria ótimo, Etevaldo! – exclamou a esposa, animada com a perspectiva de ter o marido em casa com mais frequência.

– Gostou da ideia?

– Adorei, marido. E quando seria isso?

– Bem, eu demorei para lhe falar sobre essa ideia porque achei que não iria gostar, mas já que ficou tão animada, poderíamos cuidar disso logo. Na verdade, precisaríamos vender esta casa para ter dinheiro para comprar outra naquela cidade.

– E já temos um interessado nela.

– Já temos? Como assim?

– Dia destes, conversando com dona Chiquinha, ela comentou que se um dia eu resolvesse vender esta casa, ela a compraria, pois tem umas economias e gostaria muito de morar aqui neste lugar.

– Ela lhe disse isso? – exclamou o homem – E você acha que ela estava falando sério?

– Estava, sim. Amanhã, mesmo, ao término do sepultamento de Raimundo, poderíamos falar com ela. É lógico que vai depender do valor que pedirmos.

– Pois amanhã falaremos com ela.

No velório, após o sepultamento, Maria notou um certo burburinho entre algumas mulheres presentes. Pareciam dar sinais entre si, como se estivessem unidas em alguma causa comum. Percebeu esse verdadeiro intercâmbio em nove senhoras que pareciam olhar a todo o instante para ela.

– Etevaldo, penso que algumas senhoras estão olhando para nós, a todo momento, principalmente para mim.

– Deve ser impressão sua, Maria – disse o homem, bastante preocupado, pois já notara a estranha movimentação das senhoras com as quais tinha feito o inusitado acordo.

"O que será que Rute estará tramando? Será que irá pôr em prática o que imagino? Será que irá contar ao Servílio, dizendo que foi Yolanda quem lhe contou? Será o meu fim nesta cidade e creio que Maria não irá me perdoar por isso. Precisamos nos mudar desta cidade o mais breve possível."

O enterro terminou e Etevaldo pediu à esposa para que fossem falar com dona Chiquinha, alcançando-a na saída do cemitério.

– Dona Chiquinha!

– Bom dia, Maria. Bom dia, senhor Etevaldo.

– Bom dia. Nós gostaríamos de conversar com a senhora.

– Conversar comigo? Então, vamos a minha casa. Poderíamos tomar um café com bolo e conversar. Que tal?

– Vamos, sim – respondeu a esposa – José! Angélica! Por favor, papai e mamãe iremos até a casa de dona Chiquinha, e gostaríamos que vocês fossem para casa e nos esperassem lá.

– Eles poderão ir também, Maria – disse a senhora.

– É que gostaríamos de conversar em particular com a senhora.

– Oh, sim, então, vamos.

Rapidamente chegaram à residência da mulher e logo foram ao assunto.

– Que ótimo, Maria! – exclamou a mulher – Sempre gostei de sua casa, principalmente do lugar, mas nunca imaginei que vocês pudessem vendê-la. Vão se mudar daqui?

– Vamos, sim, dona Chiquinha – respondeu Maria. – Iremos nos mudar para uma cidade que facilitaria para Etevaldo ficar mais tempo em casa.

– Isso é muito bom, Maria. Nada como o marido por perto, não?

– É verdade. Então? A senhora compra a nossa casa?

– Compro, sim. Se quiserem, podemos ir até o serviço oficial para providenciarmos os documentos.

– Hoje, dona Chiquinha?! – perguntou, ansioso, Etevaldo.

– Quando quiserem. E os móveis? Vocês irão levá-los até essa cidade?

– Se a senhora quiser comprá-los, poderemos lhe vender – sugeriu o homem.

– Posso comprá-los, sim, desde que o valor seja razoável.

– Então, estamos combinados, dona Chiquinha.

– Se quiserem passar aqui, daqui a uma hora, poderemos providenciar tudo.

– Muito obrigada, senhora Chiquinha! – agradeceu Maria –   Agora iremos até nossa casa e, dentro de uma hora, passaremos por aqui.

E Maria e Etevaldo se despediram da mulher e foram para casa a fim de contar a novidade aos filhos.

* * *

– Mudar daqui, papai? – perguntou Angélica.

– Isso mesmo, filha. Iremos para uma cidade bem maior do que esta, onde existem escolas um pouco mais avançadas.

– E você, José, o que pensa? – perguntou o pai.

– Se for para o nosso bem, eu concordo, papai – respondeu o garoto.

– Então, estamos combinados. Vamos fazer as malas, Maria. Enquanto isso, vou providenciar as passagens de trem para hoje à noite.

– Etevaldo, ainda vamos fazer o negócio com dona Chiquinha. Por que essa pressa toda?

– Porque não vejo a hora de resolver tudo isso e poder lhe mostrar a nova cidade na qual iremos viver.

– Mas precisamos fazer tudo isso hoje mesmo? Acho que seria uma indelicadeza de nossa parte, partirmos sem nos despedir de nossos amigos, não acha?

Etevaldo, então, percebeu que teria de ter mais calma. A sua ansiedade em sair daquele lugar poderia pôr tudo a perder. Maria poderia desconfiar de alguma coisa.

– Você tem razão, Maria, poderemos ir amanhã à tarde.

9
RUTE E DONA CHIQUINHA

À SAÍDA DO CEMITÉRIO, RUTE HAVIA visto quando Etevaldo e Maria entraram na casa de
dona Chiquinha, o que aguçou a sua curiosidade
e, assim que, depois de algum tempo, conversando com alguns casais amigos, a mulher disse ao
marido:

— Servílio, você disse que antes de voltarmos para casa, teria de resolver algumas coisas
aqui na cidade...

— Tenho, sim, mulher. Preciso falar com o
Souza sobre a venda de cereais para o seu armazém.

– Enquanto você vai até lá, gostaria de fazer uma visita a dona Chiquinha. Faz tempo que não converso com ela.

– Posso deixá-la lá e, em seguida, irei falar com o Souza. Quanto terminar, passarei para apanhá-la.

E numa charrete, o homem levou a esposa.

– Mas que surpresa, Rute! Há tempos que não nos vemos. Entre, por favor. Venha também, senhor Servílio.

– Dona Chiquinha, agradeço o seu convite, mas preciso resolver alguns negócios e, se não for incomodá-la, gostaria de deixar Rute aqui com a senhora e depois passo para apanhá-la.

– Tudo bem, senhor Servílio. Apenas terei de sair por alguns momentos para cuidar da transferência de uma propriedade e queria lhe pedir para que Rute me acompanhasse. Se o senhor chegar aqui e ainda não tivermos retornado, o senhor poderá entrar em minha casa e nos aguardar um pouco. Deixarei a porta apenas encostada.

– Rute poderá acompanhá-la, sim. Até mais, então.

– Até mais, senhor Servílio. Vamos entrar, Rute.

E as duas sentaram-se à mesa da cozinha da casa a fim de conversarem.

– A senhora disse que irá tratar da transferência de uma propriedade. Está vendendo esta casa? – perguntou Rute, sabedora de que a mulher apenas era proprietária da casa em que morava.

– Não, Rute, e estou tão feliz! Há tempos venho guardando umas economias e, você não vai acreditar no que vou lhe contar.

– Pois conte, dona Chiquinha. O que a está fazendo tão feliz?

– Sabe, Rute, a casa da Maria Pia?

– Sim. É uma ótima casa, bonita e bem localizada.

– Pois é. Ela vai se mudar daqui e eu vou comprar a sua casa.

– Maria vai se mudar daqui?

– Vai, sim. Eles irão para uma cidade que vai ensejar ao senhor Etevaldo passar mais dias com a família, pois ela fica mais próxima de todas as localidades que ele visita para promover as suas vendas.

– Mas isso é ótimo, dona Chiquinha, apesar de que devo lhe revelar que o senhor Etevaldo está fugindo.

– Fugindo? Fugindo de quê?

– Minha amiga, sei que irá ficar chocada com o que vou lhe revelar, mas creio que o senhor Etevaldo está envolvido com a morte de Raimundo e até de Yolanda, esposa dele.

– Mas o que está me dizendo, Rute? Pode provar isso? E Maria? Estaria também envolvida?

– Não, dona Chiquinha, não posso provar, mas tenho indícios. Quanto a Maria, não sabe de nada.

– E o que pretende fazer?

– Pretendo contar tudo ao meu marido.

– Dessa maneira, não poderei comprar a casa da Maria, enquanto tudo não for esclarecido.

– Penso que não deve, minha amiga.

– Mas o que a leva crer que isso tenha acontecido?

– Eu vou lhe contar, mas também preciso lhe esclarecer mais algumas coisas que envolvem umas oito mulheres de nossa cidade.

E Rute contou tudo à mulher, apenas omitindo que ela também estivesse envolvida nesse acordo com Etevaldo.

10
ESTRANHOS
ACONTECIMENTOS

Nesse momento das lembranças de Domingos, Carmela tirou-o do transe, chamando-o:

Domingos, alguém está se aproximando. Precisamos sair deste quarto. E com muito cuidado, pois Marcinha está entrando na casa. Ela e a mãe acabaram de chegar.

– Será que estará vindo para cá?

– Pode ser que seja a Mabel.

– É verdade e precisamos prestar atenção para não esbarrarmos em nada.

– Vamos sair daqui antes que ela chegue.

– Vamos.

E os dois saíram pela outra porta do cômodo. Mabel entrou no quarto e deitou-se na cama, emitindo um suspiro de satisfação.

Passados alguns minutos, a porta se abriu e Marcinha entrou no quarto.

– Mamãe!

– O quê, filha?

– A senhora abriu a tampa do teclado do piano?

– Não, filha, não mexi no piano. Por quê?

– Porque ela está aberta. Quando saímos, ela estava fechada.

– E o papai?

– Papai ainda não chegou.

– Você tem certeza de que a tampa estava fechada, filha?

– Absoluta, mamãe. A tampa do teclado estava fechada quando saímos. Não estou gostando nada disso.

– Penso que você apenas se confundiu ou... a Maria Rosa...

E antes que Mabel terminasse de falar, um estrondo de algo se quebrando fez-se ouvir no quarto de Marcinha, ao lado daquele em que se encontravam.

– O que foi isso?! – perguntou a jovem, assustada.

– Deve ser a Maria Rosa, filha. Vá ver o que aconteceu.

– Eu, não, mamãe... Só se a senhora for junto.

Agora, um novo som se ouve vindo do exterior da casa, característico de uma batida de porta de carro ao ser fechada.

– Papai chegou, mamãe! Vamos esperá-lo para ver o que aconteceu no meu quarto.

✳ ✳ ✳

– Precisamos tomar mais cuidado, Carmela. O pior é que o porta-retratos se quebrou.

– Querido, perdoe-me. Às vezes, eu me esqueço de minha condição física e acabei tomando-o em minhas mãos. Queria ver a foto de Marcinha mais de perto. Até me esqueci de que ela estava em casa e, não sei o que aconteceu, o porta-retratos escapou de minhas mãos.

– Tudo bem, querida. Você não tem culpa. O Inácio acabou de chegar, mas não se preocupe. Vamos para o outro quarto.

E, tomando Carmela pelas mãos, Domingos a levou até o cômodo ao lado.

– Sabe, Carmela, acho que está na hora de voltarmos para a nossa moradia.

– Tenha um pouco mais de paciência, meu bem. Creio que mais alguns dias e cumprirei o prometido.

– Será?

– Tenho certeza, Domingos.

E o esposo acariciou o rosto da mulher, dizendo-lhe:

– Que Deus nos ajude. Ando muito ansioso.

– Vamos orar.

* * *

– Querida! Marcinha! Onde vocês estão? – perguntou Inácio, ao entrar na casa.

A jovem foi até o alto da escada e respondeu:

– Estamos aqui em cima, papai. Mamãe veio descansar aqui no quarto de hóspedes. Suba até aqui, papai. Precisamos do senhor.

– Precisam de mim? – perguntou, subindo as escadas e entrando no quarto.

Mabel e a filha se encontravam em pé, aguardando-o.

– O que aconteceu? – perguntou o homem, vendo a expressão um pouco assustada da esposa e da filha.

– Ouvimos um estrondo no meu quarto, pai, e estamos com medo de ir ver o que é. Sabe, papai, acho que tudo está começando a acontecer de novo.

– Será?

– Quando eu e mamãe saímos, a tampa do teclado do piano estava fechada e quando voltamos, ela estava aberta e, agora, esse estrondo e o som de vidro quebrado.

– A tampa do piano? Será que não foi a Maria Rosa ou o Orestes?

– Não, eu perguntei a eles e nenhum dos dois subiu até aqui.

– Bem, eu vou ver o que aconteceu no seu quarto, filha.

– Nós vamos juntos, querido – disse Mabel.

Os três abriram a porta, mas nada perceberam de anormal, já que o cômodo era grande, até que a menina deu um grito:

– Aqui, papai! Aqui! O meu porta-retratos!

O casal dirigiu-se até onde a filha indicava.

– Vejam, ele está quebrado aqui no chão.

– Onde ele se encontrava, filha, quero dizer, antes de cair?

– Bem aqui, papai – respondeu a garota, com voz trêmula, apontando para um lugar na larga penteadeira.

– Será que foi o vento? – perguntou a mulher.

– Impossível, mamãe. A janela está fechada e veja onde ele veio parar: a mais de dois metros de distância. Está começando de novo, papai...! – começou a choramingar Marcinha, assustada.

Inácio apertou os lábios, bastante preocupado com a situação.

– E por que quebrar o meu porta-retratos? Estou com medo, mamãe. Precisamos nos mudar desta casa. Não quero mais morar aqui.

Num outro quarto, Carmela começou a chorar ao ouvir o desespero da neta, enquanto Domingos a abraçava junto ao peito.

11
o NEGÓCIO e a ESTAÇÃO

À NOITE, ENQUANTO CARMELA ORAVA, Domingos iniciou novamente sua "viagem" pelos caminhos do passado, voltando a visualizar a sua vida imediatamente pregressa, inclusive vivenciando-a em alguns momentos.

E tomava conhecimento da conversa entre Rute a dona Chiquinha, interrompida por Servílio que retornava antes do previsto.

O homem bateu palmas e foi convidado a entrar.

– Já veio, Servílio?

– Sim, o Souza não se encontra na cidade e deixei um recado com sua esposa, combinando encontrar-se com ele amanhã bem cedo. E já podemos voltar para casa, Rute.

– Vamos, sim, marido. Dona Chiquinha, foi um grande prazer reencontrá-la.

– O prazer foi todo meu, Rute, e volte sempre. O senhor não gostaria de tomar um café, senhor Servílio?

– Agradeço muito, dona Chiquinha, mas tenho de retornar, pois há muito trabalho a fazer.

– E não se esqueça, dona Chiquinha – lembrou Rute –: A senhora não deve fazer aquele trabalho com as rendas da senhora.

– Rendas...? Ah, sim – respondeu a mulher, percebendo que Rute estava se referindo à compra da casa de Etevaldo.

E o casal partiu. Rute pretendia contar toda a história ao marido, logo mais à noite.

Dona Chiquinha, por sua vez, sentou-se novamente à mesa e ficou a pensar:

"E agora, meu Deus? O que eu devo fazer? Dona Rute me aconselhou a não comprar a casa de Maria Pia, pois pretende que Etevaldo não vá embora. Quer contar tudo ao marido para que este revele esse horrível segredo aos outros homens e, quem sabe, passar um corretivo nesse Etevaldo. E bem que ele merece. Onde se viu colocar caraminholas na cabeça dessas mulheres, fazendo-as crer que seus maridos estariam interessados na Maria, a fim de que elas a vigiassem? Que coisa mais feia! Será que Etevaldo não percebe que sua esposa é uma mulher honesta e até muito recatada? Mas, por outro lado, tenho pena dela e de seus filhos. E não seria melhor se eles se mudassem mesmo daqui para que ela nem ficasse sabendo dessa história e, quem sabe, seu marido tomasse juízo e se modificasse?"

E dona Chiquinha ficou por um bom tempo a pensar qual seria a melhor atitude a tomar.

Punir Etevaldo seria o mesmo que punir a pobre da Maria. Até começou a rezar um terço a fim de que resolvesse pela melhor das soluções.

Antes de terminar a reza, ouviu bater palmas do lado de fora e foi atender. Era Etevaldo, Maria, e os dois filhos.

– Entre, Maria, minha amiga.

– Podemos ir, dona Chiquinha, fechar o negócio? – perguntou o homem.

– Entrem um pouco, por favor.

E os quatro atenderam ao convite. Etevaldo estava nervoso, pois não via a hora de apanhar o dinheiro e darem o fora o mais rápido possível daquela cidade.

Na noite anterior, Etevaldo também comunicou à esposa e aos filhos que diriam a dona Chiquinha que estariam se mudando para uma cidade bem grande. Na verdade, não queria que saíssem à sua procura pelas cidades ao redor, apesar de que pretendia ir para uma, bem longe dali.

Maria Pia não conseguia atinar com a repentina decisão do marido em se mudarem tão rapidamente. Chegou até a desconfiar de que Etevaldo realmente estivesse fugindo de alguma coisa, pensamento este que tratou logo de tirar da cabeça, pois amava e confiava nele.

– E, então, dona Chiquinha? A senhora vai mesmo comprar a nossa casa? – perguntou Maria – Já estamos até com as malas prontas para partir hoje mesmo.

– Hoje? Assim tão rápido?

– Se a senhora comprar os nossos móveis, é o que pretendemos fazer. E até mudamos de ideia. Iremos para uma cidade bem maior do que pensávamos – informou Etevaldo, mentindo.

– E qual o preço a pagar? – perguntou a senhora.

Etevaldo, bom negociante que era, informou-lhe o valor, tecendo inúmeras vantagens que ela teria com a compra da casa.

Dona Chiquinha nem estava mais tão preocupada com o preço. A sua grande dúvida agora era sobre se deveria ou não fazer o negócio.

Olhou bem para Maria, para seus filhos e, prevendo as possíveis consequências que poderiam ocorrer, caso não comprasse a casa, declarou:

– Está fechado o negócio. Vamos firmar o documento. Aguardem um pouco que vou apanhar o dinheiro.

E, entrando em seu quarto, após alguns bons minutos contando e separando o numerário, de lá retornou com uma bolsa bem recheada.

– Aqui está, seu Etevaldo. Por favor, queira conferir.

– A senhora contou, dona Chiquinha?

– Sim.

– Então, nem vou conferir. Confio plenamente na sua honestidade – disse o homem, ao mesmo tempo em que abria a bolsa, percebendo, pelos maços, a possibilidade de estar correta a quantia, mesmo porque, com toda a sua lábia, havia pedido um pouco mais do que realmente deveria valer o imóvel e os poucos móveis que possuíam – A senhora poderia me vender esta bolsa?

– Pode ficar com ela, senhor Etevaldo. Não irei mais precisar dela.

– Obrigado, dona Chiquinha.

***

O Sol ainda estava se pondo no horizonte e o homem, a esposa e os filhos já se encontravam numa pequena estação ferroviária, com malas e sacos repletos de pertences, além de um baú de couro que um freteiro levara de carroça.

Etevaldo encontrava-se impaciente pela chegada do trem.

"Será que Rute irá mesmo revelar tudo ao marido dela?" – pensava, aflito – "Ou será que já contou e Servílio resolveu não tomar nenhuma atitude?"

Pelo menos, pensava Etevaldo, não dissera a ninguém que iria embora da cidade e, com muito cuidado e muita conversa, convencera Maria a não se despedir de ninguém, fato que não saía do pensamento dela, mas que, ainda uma vez, procurara não se preocupar.

A estação estava vazia e eles seriam os únicos passageiros a embarcar naquele horário, o que tranquilizava um pouco Etevaldo.

Somente o chefe da estação os vira e, não se contendo de curiosidade, aproximou-se.

– Boa tarde, senhor Etevaldo. Vai viajar com a família? Pelo jeito, parece-me que estão de mudança.

– Boa tarde, senhor Lindório. Vamos viajar, sim, mas não estamos de mudança, não. Vamos a passeio – mentiu – Tenho uma casa na cidade grande e iremos passar uma temporada lá.

Na verdade, Etevaldo comprara passagens para essa cidade, mas pretendia, durante a viagem, adquirir outras, junto mesmo ao cobrador do trem, para um local um pouco mais longe.

– Possui uma casa lá, senhor Etevaldo? O seu negócio deve lhe render muito, não?

– Vamos dizer que o suficiente para eu ter feito algumas economias e comprado essa moradia. Trata-se de uma casa simples, mas habitável.

– Oh, sim. Então, eu lhes desejo uma boa viagem. Mas é um pouco cedo. O trem só passará por esta estação dentro de uma hora e trinta minutos – informou o homem, consultando o seu relógio de bolso.

– Na verdade, eu me enganei com o horário, mas o que fazer? Só nos resta esperar.

– Bem, se o senhor e sua família quiserem esperar aqui dentro do meu escritório, fiquem à vontade. Ficarão mais confortáveis nos sofás.

– Pois aceitaremos a sua gentileza, senhor Lindório. Maria, José, Angélica, venham até aqui. O senhor Lindório nos ofereceu o escritório para esperarmos a chegada do trem.

E todos se acomodaram na sala do chefe da estação, o que proporcionou um grande alívio a Etevaldo, pois não ficariam mais tão expostos à curiosidade alheia.

12
CORRIDA CONTRA O TEMPO

Nesse mesmo instante, quase noite, Rute disse a Servílio que precisava ter uma conversa com ele sobre um assunto bastante sério.

E, detalhadamente, narrou-lhe o segredo que envolvia as oito mulheres da cidade, excluindo-se, ela própria do grupo. O homem, extremamente machista, ficou perplexo com o que ouviu e explodiu, visivelmente revoltado e irado com aquela história.

– Mas que canalha, Rute! Fazer isso com essas senhoras! Inventar que seus maridos estariam se encantando com a sua esposa e colocá-las como espiãs de Maria Pia! E você? Por acaso está envolvida nisso também?

– De maneira alguma, Servílio. Como lhe disse, fiquei sabendo sobre isso através da Yolanda, esposa de seu irmão Raimundo.

Rute apenas não contara ao marido sobre o frasco de veneno porque, na verdade, nunca existira esse frasco. Ela inventara isso para colocar Etevaldo em pânico, cansada da insistência dele em lhe procurar, às escondidas, para saber se ela teria notícias de Maria. E ele era insistente, pois o trato seria que as mulheres dariam um jeito de avisá-lo se viessem a saber de alguma coisa. E Rute e as outras senhoras já se sentiam temerosas de que os respectivos maridos as vissem conversando com Etevaldo, tamanho era o seu inconveniente assédio toda vez que chegava de viagem.

– Olhe lá, hein, mulher? Se estiver mentindo para mim...!!!

– Não estou mentindo, Servílio. Nunca menti e nem irei mentir para você.

Diante dessa exasperação do marido, Rute começou a sentir muito medo e até acabou por se arrepender de lhe ter contado sobre o que estava acontecendo, pois temia que as mulheres envolvidas acabassem relatando que ela também estava envolvida nessa verdadeira irmandade das "mulheres vigilantes".

– E o que pretende fazer, Servílio? – perguntou, preocupada.

– Vou agora mesmo falar com Etevaldo e exigir que ele confesse, o que está cometendo, aos maridos dessas mulheres que se encontram envolvidas nessa verdadeira aberração

– Meu Deus, isso seria por demais ultrajante.

– E o que você esperava que eu fizesse? Que ficasse quieto? E por que me contou? Por nada?

– Eu lhe contei simplesmente porque não tenho segredos para com você.

– Então, por que não me falou sobre isso assim que ficou sabendo? Por que esperou tanto para me dizer? Não estou gostando nada dessa história, Rute! Aí há coisa! E não espere muito tempo para me falar a verdade, mulher!

– Não há coisa alguma, Servílio – disse Rute, aflita.

"Meu Deus, o que fui fazer?" – pensou.

– E por que não me contou antes? Diga-me!

– Eu não falei, Servílio, porque quis lhe evitar aborrecimentos. Sabia que você iria ter essa reação e até acusar-me de estar participando com essas senhoras – respondeu a mulher, caindo em prantos.

– Por favor, pare de chorar, Rute. E tem uma coisa que está me cutucando a cachola.

– E o que é?

– Será que essa morte de meu irmão não teria alguma coisa a ver com toda essa trama? Não sei porquê, mas desde que soube dessa tragédia, vejo Etevaldo metido nisso. Essa história de meu irmão desmaiar e bater com a cabeça, não me sai do pensamento. Raimundo, um homem tão forte, desmaiar como uma mulher? Não engulo essa! E vou já falar com esse canalha do Etevaldo!

– Por que não o procura amanhã, marido? Já é tarde...

E Rute se arrependeu também de ter dito a dona Chiquinha para que não comprasse a casa dele, pois isso o impediria de sair rapidamente da cidade. Temia que ele revelasse que ela também fazia parte desse grupo. Tremia só em pensar.

– Não vou esperar nem mais um minuto, mulher! Vou lá agora!

– Pois vou com você, Servílio. Coitada da Maria e de seus filhos. Eles não têm culpa de nada.

– Se quiser, poderá vir comigo. Vamos!

***

Eram dezenove horas quando, enfim, o trem chegou à estação. Etevaldo e sua família embarcaram, auxiliados por um carregador de malas. Sentia-se mais aliviado ao se sentar, com a esposa e os filhos, nos bancos do comboio.

Faltava quase meia hora para partir, pois a locomotiva deveria ser abastecida com mais lenha, providência que, como lhe explicou Lindório, deveria levar cerca de uns vinte minutos.

Etevaldo não tirava os olhos da entrada da estação, com muito medo. "Tem de dar tempo de partirmos, meu Deus" – pensava.

Maria, por sua vez, notava a aflição do marido que conversava com ela e com os filhos, e que parecia nem mesmo ouvir o que diziam.

"Por que será que Etevaldo está tão nervoso?" – pensava.

✳ ✳ ✳

Servílio e Rute já se encontravam perto da cidadezinha, vindo de charrete.

"O que será que vai acontecer, meu Deus? Por favor, me ajude. Em que enrascada fui me meter... Servílio está possesso com toda essa história, principalmente com a morte do irmão. Meteu na cabeça que Etevaldo teve algo a ver com isso..."

Mais dez minutos e entraram na cidade, dirigindo-se à casa de Etevaldo.

Lá chegando, Servílio saltou da charrete, nem se preocupando em ajudar a esposa a fazer o mesmo. Tão revoltado se encontrava que já desceu batendo palmas e gritando:

– Etevaldo! Etevaldo! É Servílio e quero falar com você! Etevaldo!

E, gritando, abriu o portãozinho da casa e tentou abrir também a porta, sempre berrando:

– Etevaldo! Saia! Quero falar com você, seu canalha! Saia ou vou arrombar a porta! Saia!

– Mas o que está acontecendo? – gritou o vizinho, saindo para a rua – Servílio? É você?

– Sou eu mesmo.

– Que gritaria é essa, homem de Deus?

– Quero falar com Etevaldo, esse canalha!

Rute começou a soluçar, ainda sentada na charrete, vendo a fúria que tomou conta do marido.

– O Etevaldo não se encontra, Servílio.

– Não?! Mas para aonde foi? Nem a senhora Maria está aí com seus filhos?

– Não. A esta altura, eles já devem estar tomando o trem. Estão indo para a cidade grande. Eu mesmo levei as suas malas, bolsas, e um baú de couro até a estação na minha carroça de aluguel.

– O quê? Ele vai fugir?

– Fugir? Não estou entendendo, Servílio. Ele me disse que iria passear com a família.

– Pois vou atrás dele. A que horas esse trem parte?

– Penso que às dezenove e trinta.

– Tem que dar tempo! Tem que dar tempo! – gritou o homem, saltando para a charrete e açoitando o cavalo.

– Eia, cavalo preguiçoso! Vamos, rápido! Corra, cavalo! Preciso chegar a tempo!

Rute começou a rezar para que seu marido não chegasse antes de o trem partir.

"Meu Deus, me ajude! Ainda vai acontecer uma desgraça! Me ajude, Nossa Senhora, meu Jesus amado!"

E Servílio conseguiu fazer com que o cavalo disparasse cidade abaixo, onde se localizava a estação ferroviária, mas quando lá chegou, o trem já se encontrava em movimento e o homem fazia com que o cavalo corresse ainda mais, por uma estradinha que margeava a linha do trem, gritando:

– Pare esse trem! Pare esse trem! Não me ouve, seu maquinista estúpido? Pare esse trem!

E ao aproximar-se um pouco mais dos vagões, ainda pôde ver a figura de Etevaldo, sorrindo para Maria Pia, sua esposa.

– Canalha! Canalha! Pare esse trem! Pare esse trem!

Mas a máquina aumentou a velocidade ao mesmo tempo em que o cavalo diminuía a sua, tão cansado se encontrava.

"Obrigada, meu Deus! Obrigada, minha Nossa Senhora! Obrigada, meu Jesus! – agradecia mentalmente Rute que, não se contendo, gritou para o marido:

– Pare esse cavalo, Servílio! Você ainda vai acabar tombando a charrete!

E, completamente frustrado, o homem a obedeceu, respirando, tão cansado quanto o animal atrelado à charrete.

***

Desse momento em diante, Domingos se via, como Etevaldo, apenas residindo feliz com Maria e os filhos na cidade para a qual se mudara.

Havia adquirido a casa que pretendia e sua vida se modificou, nunca mais cometendo o mesmo erro e completamente confiante em sua esposa.

Somente algo o incomodava. Por sua culpa uma vida se perdera: a de Raimundo.

José, seu filho, não mais tocara no assunto, tamanha a confiança que tivera nas palavras do pai, que lhe afirmara que ele não havia tido culpa alguma e que, inclusive, salvara a sua vida.

Domingos também se sentia culpado pela morte de Yolanda, pois viera a saber, através de cenas que se apresentaram, à sua mente, que a moça, desesperada por ter duvidado do esposo e receosa de que ele ficasse sabendo que ela o vigiava e a Maria, não suportou o peso na consciência e, num momento de desespero, ao perceber certa desconfiança do marido, e assediada por Espíritos do mal, seus inimigos do passado, acabou por suicidar-se.

Na verdade, as oito mulheres, do pacto com Etevaldo, passaram por dificuldades quando, através de Servílio, seus maridos vieram a saber que participavam daquela verdadeira sociedade.

13
ao RETORNAR das LEMBRANÇAS...

E o homem, ao tomar conhecimento da parte mais danosa de sua vida pretérita, saiu do transe e abraçou-se à esposa.

– Por que, Carmela, tive que saber do meu passado? Fui um canalha, querida, e ainda fui o causador de duas mortes, apesar de não as intencionar. Ainda não consigo atinar com os motivos para que eu passasse por esse dissabor.

– Domingos, não se lembra desta última passagem pela Terra material, na carne densa?

– Lembro-me, Carmela, e fui muito feliz ao lado de nossa filha e do seu lado, como ainda agora, no verdadeiro plano da vida.

– Pois, então, você deve se ater a estas últimas lembranças. Aquele outro passado veio à sua mente apenas para estimulá-lo a fazer o bem por aqueles a quem amamos.

– O que quer dizer com isso?

– Quando nos conhecemos e nos casamos, juntamos nossos passos aos de alguns daqueles Espíritos a fim de auxiliá-los e encaminhá-los num novo caminho. E nos propusemos a realizar isso com muito amor e dedicação, pois levaram consigo, para o plano espiritual, profundas mágoas contra os acontecimentos que você acabou de recordar.

– Culpa minha, não, Carmela?

– Você não precisa mais falar de culpa porque estamos cumprindo o nosso compromisso muito bem. Agora, aqui no verdadeiro plano da vida, percebemos que nós nos olvidamos de lhes oferecer um sentimento religioso mais profundo, fosse qual fosse a religião que tivéssemos abraçado.

E, cientes sobre as verdades da vida, tivemos a permissão de oferecer a eles a Doutrina Espírita, através da qual, com certeza, terão a oportunidade de seguir o Evangelho de Jesus e Seus ensinamentos, único e verdadeiro caminho para a real felicidade.

E, através da mediunidade de efeitos físicos, presente no seio deste lar, poderemos fazê-los interessar-se por essa ciência, filosofia e, principalmente, uma religião, cristã, tão consoladora, esclarecedora e retificadora de corações.

– E quem é quem, Carmela? Raimundo e Yolanda estariam encarnados entre os nossos ou ligados a nós?

– Sei que estão ou que ainda chegarão, mas não tive a permissão de saber quem são ou quem serão, para que isso não venha a nos criar preferências.

– Entendo...

E Domingos, pensativo por alguns segundos, perguntou:

– Carmela, eu sei que fui Etevaldo. E você? Porventura, Maria Pia?

– Sim, querido, unidos novamente pelo amor e pela afinidade dos comprometimentos.

– Você comprometida, Carmela? O que você fez de mal?

E a mulher baixou os olhos, humildemente.

– Você, Carmela, minha Maria, é um anjo que se sacrificou para aqui estar novamente com um pobre pecador.

– Não sou anjo, Domingos. De qualquer forma, todo anjo um dia deve ter sido um pecador porque Deus nos dotou do livre-arbítrio, e quem de nós nunca cometeu pecados, em todas as vidas que já vivemos?

– Agora, um anjo de bondade... você!

– Bem, meu querido, agora... mãos à obra.

– Eles não irão se assustar?

– Creio que, no início, irão se assombrar um pouco, mas a nossa nobre intenção, o nosso amor, com certeza irão amenizar todo esse assombro.

– De qualquer maneira, penso que teremos de ter o cuidado, que temos tido, para não pormos tudo a perder. Afinal de contas, qualquer descuido, com essa mediunidade à nossa disposição, não poderíamos nem mesmo tocar em nada nesta casa, a não ser no que programamos para o sucesso deste nosso trabalho.

– Você tem razão, Domingos, mas sabe que não sei resistir a um piano. E até já estava nos planos.

E Domingos riu da sinceridade e do bom humor da esposa, convencendo-se de que esse dom artístico da esposa só poderia ter sido adquirido em alguma encarnação anterior à última, esta que estava se recordando, na qual ele era Etevaldo e ela, Maria

14
INÁCIO, MABEL E MÁRCIA

Há alguns dias, em um sábado, a família chegava em sua residência.

Inácio, quarenta e três anos, era executivo no ramo de seguros empresariais. Adepto de atividades esportivas, praticava corrida quase que diariamente, bem cedo, antes do trabalho, e vôlei, com os amigos, nos finais de semana.

Mabel, quarenta e um anos, filha única, apesar de formada em Letras, com especialização no idioma espanhol, pouco lecionara em escolas, tendo em vista ter resolvido cuidar apenas do lar e da filha.

Às vezes, chegava a ministrar aulas a alguma pessoa conhecida e amiga quando esta decidia viajar para a Espanha ou para países da América Latina. Isso às segundas e quartas-feiras.

Márcia, filha do casal possuía dezesseis anos e estudava num colégio particular faltando apenas um ano para ingressar numa Faculdade de Música, seu grande sonho.

Moravam em linda casa de um rico condomínio residencial, vivendo também ali Maria Rosa, empregada, com cinquenta e três anos de idade, há doze anos com eles e de seu marido Orestes, cinquenta e cinco anos, jardineiro e demais serviços, além de motorista, encarregado de levar Marcinha, como era tratada por todos, até a escola ou a passeios e compras.

Ambos residiam numa pequena, mas confortável construção ao lado da habitação principal, com pequeno portão que ligava as duas moradias.

Todos até que levavam uma vida feliz e tranquila até terem passado pela experiência de alguns fenômenos, tidos por eles como paranormais, e que acabaram por acreditar numa explicação mais ou menos plausível, mais como uma maneira de minimizarem o que lhes causara enorme medo.

Neste momento, Orestes e Maria Rosa não se encontravam na residência, pois tinham retornado a uma consulta médica. Ela se encontrava com muita tosse, proveniente de uma forte gripe que a acometera havia alguns dias.

Inácio estacionou o veículo na garagem e, antes mesmo de entrar, ouviram os acordes, do piano que possuíam, vindos do interior da casa. Uma linda música clássica estava sendo executada com muita habilidade e perfeição.

– Estão ouvindo isso? – perguntou a jovem aos pais.

– Estou – respondeu Mabel. – Parece que há alguém lá, tocando no seu piano.

– Também estou ouvindo – confirmou o pai.

– Mas quem poderá ser? Mesmo que Maria Rosa estivesse em casa, ela não conseguiria tocar.

– Não seria o seu aparelho de CD, filha? Talvez tenha ligado sozinho por algum motivo... ou o computador.

– Sem chance, pai. Estão todos desligados da tomada. Disso, tenho certeza. Desliguei tudo antes de sairmos.

– Bem, vamos averiguar – disse Inácio – Alguma coisa tem de estar tocando lá dentro e estou mais propenso a crer que seja o computador ou o aparelho de CD.

O homem abriu a porta da casa e o som do piano chegou forte aos ouvidos dos três.

– É o piano, sim, mamãe. Ouça o som.

– Com certeza é o piano – opinou Mabel.

– Mas quem o estará executando? Alguém deve ter entrado em nossa casa e se encontra lá em cima.

– Mas como pôde ter entrado? Tranquei tudo! – disse a mulher, assustada. – E acho melhor não subir, Inácio. Vamos chamar os seguranças do condomínio.

– Também acho melhor. Vou telefonar para a portaria – concordou Inácio, apanhando o telefone celular e começando a discar o número.

Nesse momento, a música cessou repentinamente.

– Parou de tocar, papai! E foi de repente. Quem está lá em cima deve ter ouvido a porta se abrir.

E mais uma surpresa os aguardava. O barulho de algo se quebrando foi ouvido no andar superior.

– Há alguém lá, sim! Vamos sair daqui! – exclamou o homem, trancando novamente a porta e já falando ao celular, pois um dos seguranças havia atendido a sua ligação.

– *Pois não. É da segurança... Otávio quem fala.*

– Otávio, é o Inácio. Deve haver alguém no

interior de minha casa. Estamos do lado de fora e tranquei a porta. Precisamos de ajuda;

– *Já estamos indo, seu Inácio.*

E, em poucos minutos, um veículo com quatro homens, e mais uma moto, com mais dois homens, já estacionavam defronte da residência.

– Por favor, seu Inácio – disse Otávio –, afastem-se e nos dê a chave. Vamos entrar.

Dando ordens para que dois dos seguranças se dirigissem para os fundos, Otávio abriu a porta e, com muito cuidado, subiram as escadas e, de arma em punho, vasculharam toda a residência, retornando após um bom tempo de minuciosa busca.

– E, então, Otávio?

– Nada, senhor Inácio. Demos busca em tudo, inclusive debaixo das camas e de móveis que poderiam abrigar alguém. Também nos armários nós procuramos. Não encontramos ninguém em sua casa, senhor.

– Vocês encontraram alguma coisa quebrada? – perguntou Mabel – Ouvimos o som de algo que caiu e se quebrou.

Nesse instante, apareceu um outro segurança, trazendo nas mãos cacos de um vaso de porcelana. Com certeza, derrubado escada abaixo, informou o homem.

– Então, devia haver alguém no interior de minha casa, não? Esse vaso não cairia sozinho e ele se encontrava no topo dessa escada.

– Seu Inácio, o senhor tem toda a razão e, por esse motivo, tomei a liberdade de chamar a polícia, a fim de que também façam uma busca. Apenas por uma questão de segurança.

– Fez bem, Otávio, até porque deve haver alguém bem escondido.

– Pode ser, senhor, mas não temos ideia de onde poderia estar.

Dizendo isso, trancou novamente a porta da frente e os seguranças continuaram vigiando, enquanto Otávio acionou os vizinhos, cujas residên-

cias faziam divisa com a de Inácio e, explicando-
-lhes o ocorrido, solicitou que fechassem as portas, informando ainda que a polícia, com certeza,
deveria fazer uma inspeção nos quintais e, talvez
nos telhados.

Os moradores próximos àquele local, percebendo a movimentação, foram chegando para saberem o que estaria acontecendo.

Cerca de uns vinte minutos se passaram,
duas viaturas estacionaram, e os policiais inicia-
ram acurada busca, mas sem sucesso, após quase
uma hora de trabalho, principalmente na residência de Inácio.

Mabel e Marcinha encontravam-se muito as-
sustadas e, ainda com receio de entrarem em casa,
aceitaram o convite de uma vizinha para, caso de-
sejassem, dormir em sua residência, por aquela
noite.

Já eram três horas da tarde quando a polícia
deu as buscas por encerradas.

– Senhor Inácio, não há ninguém no interior

de sua propriedade. Se houve alguém, soube escapulir com muita inteligência. O senhor, sua esposa ou sua filha poderiam nos informar se há algum morador neste condomínio, principalmente jovem, que sabe tocar piano com a perfeição com que vocês nos narraram?

– Não sei lhe dizer, sargento. E vocês, Mabel e Marcinha? Conhecem alguém?

– Não, papai, não conheço ninguém.

– Também não conheço – respondeu Mabel.

– Bem, sargento, nós agradecemos pela presteza com que vieram e por todo o trabalho desenvolvido por vocês.

– Posso lhe afirmar, seu Inácio, que poderão dormir na casa, pois passamos um verdadeiro pente fino e peço que nos perdoe pois, com certeza, deixamos algumas coisas fora do lugar.

– Nem se preocupe com isso, sargento. Fizeram um ótimo trabalho e agradeço de coração.

E os policiais partiram, assim como os seguranças do condomínio. Inácio, então, tomado de grande coragem, entrou na residência, acompanhado por alguns homens, vizinhos dele. E, resolvendo efetuarem uma nova inspeção, acabaram chegando à conclusão de que, realmente, não havia ninguém em qualquer dos cômodos.

Após despedirem-se de todos, Mabel e Marcinha resolveram que iriam passar o resto do dia e a noite no próprio lar. Nisso, chegaram Maria Rosa e Orestes que, ao tomarem conhecimento do ocorrido, também resolveram fazer mais uma busca, nada encontrando.

Naquela noite, Marcinha dormiu no quarto dos pais, num colchão colocado no chão do enorme cômodo. Antes disso, verificaram o aparelho de CD e o computador da garota e descartaram essa hipótese, haja vista que nenhum dos aparelhos continha CDs, muito menos de músicas executadas ao piano.

15
os FENÔMENOS

Na manhã seguinte, ainda perplexos, faziam o desjejum e conversavam sobre o mistério do dia anterior.

– O que poderia ter acontecido, papai? Não dá para entender. Nós ouvimos o piano ser tocado e o barulho do vaso se quebrando, ou seja, deveria ter alguém dentro de casa, mas como pode ter simplesmente desaparecido?

– Não sei lhe dizer, filha. Quando eu e os vizinhos entramos, após os policiais terem partido, verificamos todas as portas e janelas e todas se encontravam trancadas por dentro.

– Inácio – perguntou Mabel –, será que um dos seguranças não poderia ter encontrado essa pessoa e facilitado a sua fuga, inclusive fechando a porta ou janela por onde poderia ter se evadido?

O homem olhou admirado para a esposa e respondeu, após pensar alguns segundos:

– Mabel, sabe que você pode ter descoberto a chave desse mistério? Pode ter acontecido isso, sim. Você deu por falta de alguma coisa, querida?

– Ainda não verifiquei, Inácio, mas o que não consigo compreender é porque essa pessoa misteriosa não se limitou a roubar e ir embora? Por que resolveu executar aquela música ao piano?

– Porque pode ser um psicopata, mamãe – respondeu Marcinha – Já vi acontecimentos também estranhos na televisão, e até piores.

– Você tem razão, filha, e só pode ser um psicopata mesmo porque se alguém tem a capacidade que ele tem para tocar tão bem um instrumento musical, por que roubar? Com essa capacidade, poderia fazer enorme sucesso e ganhar dinheiro com isso.

– Um psicopata aqui no condomínio? – perguntou Inácio.

– E por que não? – respondeu a garota – Esses distúrbios mentais não escolhem sexo, idade e nem condição social ou financeira.

– É... você pode ter razão.

– De qualquer forma, já me sinto mais aliviada, pois, pelo menos, temos alguma explicação.

– Também penso que devemos prestar mais atenção ao sair de casa. Com certeza, algum de nós, inclusive Maria Rosa e Orestes, poderíamos ter deixado alguma janela ou porta aberta – disse Inácio.

– Fechada por algum dos seguranças, talvez...

– Isso mesmo.

– E o que deveremos fazer?

– Quanto à hipótese de um dos seguranças ter facilitado a fuga do invasor?

– Sim.

– Creio que não poderemos fazer nada, Mabel, pois não temos como provar.

– Você tem razão, querido.

Naquele momento, Maria Rosa entrou na sala de jantar e, pedindo licença, comunicou:

– Dona Mabel, eu me levantei mais cedo hoje e já consegui pôr a casa em ordem, aqui no andar térreo. Os policiais, para procurarem pela pessoa que talvez estivesse aqui dentro, andaram tirando objetos e móveis do lugar e não os colocaram de volta.

– Obrigada, Maria Rosa.

– Que susto, hein, dona Mabel?

– Ponha susto nisso. Sabe o que é você ficar com medo de entrar em sua própria casa?

– Imagino, mas podem ficar tranquilos. Enquanto eu arrumava tudo, Orestes me acompanhou e olhou por todos os cantos.

– Agora não há mais possibilidade de ter alguém aqui, pois ninguém iria permanecer escondido por tanto tempo – confirmou Mabel.

– Bem, vou para o meu quarto, mamãe, para estudar um pouco. Terei prova amanhã e preciso recordar algumas matérias.

– Vai, filha, e fique tranquila. Eu e seu pai estaremos aqui em baixo. Não vamos sair hoje.

– Papai, o senhor não vai correr?

– Hoje não, Marcinha. Quero passar o domingo todo com vocês.

– Então, até mais.

– Quer que eu suba com você, filha?

– Não, papai, não será preciso. Hoje, quando acordei, estive lá, dei uma olhada por tudo e até estiquei melhor a colcha da minha cama, deixando o quarto bem arrumado.

– Menina corajosa! – brincou Mabel.

– Sei que agora tudo está em ordem. Vou subir, então...

E a garota dirigiu-se para o andar de cima, mas foi apenas o tempo necessário para chegar ao quarto e retornar ao topo da escada, perguntando, com a voz trêmula:

– Mamãe, a senhora esteve no meu quarto, hoje?

– Não, filha, não entrei no seu quarto.

– E você, Maria Rosa? – perguntou a garota à empregada que ainda estava ali.

– Não, Marcinha. Eu e Orestes olhamos tudo aqui no térreo. Ainda não subi até aí.

– E Orestes? – perguntou ainda, visivelmente nervosa, agora.

– Também não, tenho certeza. Ele não entraria no seu quarto sem mim.

– E você, papai?

– Estava aí em cima, onde dormimos, mas não entrei em seu quarto.

E a jovem, agarrando-se ao corrimão da escada, ainda no topo, pediu:

– Papai e mamãe, vocês podem subir até aqui?

– O que foi, filha?

– Quero que vejam uma coisa, mas, por favor, tem de ser agora.

Os pais se levantaram rapidamente e subiram.

– O que você quer nos mostrar, Marcinha?

– Uma coisa no meu quarto, mas antes de entrarem lá, quero lhes dizer que, como disse há pouco, hoje de manhã estiquei a colcha da minha cama, mas bem esticadinha mesmo.

– Sim, mas...

– Venham ver.

Marcinha abriu a porta do quarto, imediatamente apontando para a cama.

– Vejam a minha cama!

E querendo ver a expressão de surpresa dos pais, nem olhou para dentro, fixando o olhar para a fisionomia de Inácio e Mabel.

– O que tem na cama? – perguntou a mãe.

– A colcha, mamãe! Ela está...

E se calou repentinamente, boquiaberta, ao ver o tecido bem esticado.

– O que tem sua colcha? – repetiu a mãe.

– Não acredito! Eu não posso acreditar!

– No que você não pode acreditar?

– E vocês não irão acreditar em mim – respondeu, entrando no cômodo, sem tirar os olhos da cama.

– Não iremos acreditar em você? Não estou entendendo – disse o pai.

– Acontece que quando abri a porta, este ponto da cama estava com a colcha em desalinho, como se alguém tivesse se sentado nela. Havia até a marca das nádegas de uma pessoa. E agora não está mais! Em menos de dois minutos a cama se arrumou sozinha.

– A cama se arrumou sozinha?

– Maneira de dizer, papai... eu não estou louca, não, entendem? Eu não estou louca!

– Ninguém está dizendo que você está louca, filha. Mas será que não se enganou?

– Será que não está impressionada com o que aconteceu ontem?

– Não... Eu vi as marcas e agora não se encontram mais ali. Ontem, tenho certeza de que não havia mais ninguém nesta casa, além de nós. Mas... hoje... alguma coisa estranha está acontecendo...!

– Tudo bem, filha, tudo bem. E se alguma coisa estranha estiver ocorrendo aqui, com certeza iremos descobrir, mais cedo ou mais tarde.

– Mas não vou ficar mais aqui neste quarto. Vou apanhar minhas coisas e estudar lá embaixo.

– Pois apanhe a sua bolsa da escola e vamos descer.

– É o que eu vou fazer.

E Marcinha sentou-se à mesa da sala de jantar, que Maria Rosa acabara de arrumar e, abrindo o caderno, iniciou os seus estudos de Matemática.

Inácio e Mabel acomodaram-se na sala de estar, próxima à de jantar e, enquanto ele começava a ler o jornal do dia, ela passou a folhear uma revista de decorações. Meia hora se passou até que a garota se aproximou, mais uma vez, visivelmente assustada.

– O que foi, filha? – perguntou Inácio – Por que está com essa expressão de medo? Sente-se aqui ao meu lado. O que foi que aconteceu?

A menina sentou-se ao lado do pai, sem falar nada, com os olhos ligeiramente arregalados.

– O que está acontecendo, Marcinha? – indagou Mabel – O que foi?

E ela só conseguiu balbuciar:

– Aconteceu... de novo, mamãe.

– Aconteceu o quê?

– Eu não estou ficando louca...

– Sabemos que não está louca, filha, mas conte-nos o que houve.

– A cortina...

– A cortina? Qual cortina?

– Aquela – respondeu, apontando para pesado tecido que descia desde o teto até o chão, bem ao lado da mesa de jantar. – A cortina... Alguma coisa grande, do tamanho de uma pessoa, passou ao lado dela, fazendo-a mover-se.

– Como?

– A cortina foi se movimentando como se alguém tivesse andando rente a ela, fazendo-a mexer-se, da esquerda para a direita.

– Você tem certeza?

– Tenho, papai, e olhe que aquela cortina é muito pesada.

– Sei disso, filha. Mas como foi que aconteceu?

– Eu vou lhe mostrar.

E, dizendo isso, a garota se levantou, dirigiu-se até o início da cortina e caminhou ao seu lado, esbarrando e carregando-a consigo com o braço esquerdo.

– Foi assim, entenderam?

– Sim, entendemos, mas você estava olhando para ela?

– Não. Eu estava lendo e, de repente, percebi um movimento do meu lado e, quando olhei... – respondeu e começou a chorar – ...ela estava se mexendo.

– Não foi o vento?

– O vento, pai? A janela está fechada! Está tudo fechado! Vou abrir tudo para o senhor ver se ela se move!

E, dizendo isso, abriu a janela que havia por detrás do tecido, abriu a porta da cozinha, a porta da rua.

– Está ventando e vocês veem a cortina se mexer? Não, não é? Mas ela se mexeu. Alguma coisa passou por aqui e não era nada pequeno, não. Parecia ser uma pessoa.

– Mas você não viu ninguém...

– Claro que não, pai! Se tivesse visto, ou

seria a Maria Rosa ou o Orestes, e eles não passaram aqui!

– Acalme-se, filha.

– Vou me acalmar, mas algo de muito estranho está acontecendo nesta casa e estou amedrontada. Só isso. E o pior é que nem sei se acreditam em mim.

– Nós acreditamos, filha – afirmou a mãe –, só não estamos conseguindo entender.

16
MABEL SE CONVENCE

– Sabe, mãe, eu já ouvi falar sobre algo parecido ao que está acontecendo comigo.

– Já? E o que ouviu falar?

– A Sandra me falou a respeito disso.

– A Sandra?

– Uma colega da escola.

– E o que foi que ela disse? – perguntou Inácio.

– A Sandra é espírita e ela me falou...

– Espiritismo, Marcinha? Nós não acredita-mos nisso – interrompeu Inácio.

– Conte-nos assim mesmo – pediu Mabel.

– Ela estava falando sobre mediunidade que é a capacidade que uma pessoa tem de se comuni-car com os Espíritos.

– Já ouvi falar disso – comentou o pai.

– E ela disse que existem vários tipos de me-diunidade. A mais comum é a da pessoa falar o que um Espírito a inspira a dizer e é mais utilizada nas sessões espíritas. Disse ainda que existem outras mediunidades como a que, através dessa faculda-de, o médium ouve o Espírito, ou vê Espíritos, ou-tro que psicografa mensagens. E ela falou sobre a mediunidade de efeitos físicos.

– Efeitos físicos?

– Isso mesmo. E guardei bem essa denomi-nação. A de efeitos físicos é a mediunidade, através da qual, a pessoa cede um tipo de energia, ela falou em emissão de um fluido que o Espírito se utiliza para, por exemplo, movimentar objetos, provocar sons, fazer aparecer ou... como foi mesmo que ela disse?... transportar matéria de um local para outro e, até mesmo, provocar a combustão do ar.

– E você acreditou nisso? – perguntou Mabel.

– Acreditei, sim, inclusive ela falou sobre mediunidade de cura, quando o médium chega a realizar cirurgias, auxiliado por um Espírito, geralmente médicos do Plano Espiritual.

– Eu não acredito em nada dessas coisas – insistiu a mãe –, mas por que é que você está falando sobre esse assunto?

– Porque me lembrei do que ela disse e estou começando a achar que é o que deve estar acontecendo aqui em casa.

– Você acha, filha? – perguntou Inácio.

– Pode ser, não é, papai? De minha parte, eu creio que a vida não termina com a morte e já tivemos tantas notícias de Espíritos, através de Chico Xavier. Até já cheguei a ler um livro com as cartas psicografadas de jovens que morreram, ela diria desencarnaram, e fiquei bastante impressionada com o depoimento dos familiares desses jovens, principalmente ao dizerem que o que os Espíritos diziam nessas cartas eram fatos muito particulares e que não haveria a mínima possibilidade de Chico Xavier ter conhecimento. Até houve assinatura do Espírito, feita por esse médium de Uberaba, que era idêntica à do documento do morto.

– Ai, eu não gosto de falar nesse assunto, filha – disse Mabel, esfregando os braços com as mãos, como se estivesse sentindo arrepios de frio.

– E está pensando que talvez você tenha essa mediunidade de efeitos físicos...

– Pode ser eu, o senhor, a mamãe...

– Deus me livre! – exclamou Mabel.

– Mas por que você acha que poderemos ser um de nós três?

– A Sandra me disse que quando acontece esse fenômeno é porque um médium desses efeitos físicos se encontra presente e eu fiquei a pensar: se o piano foi tocado, se o vaso rolou pela escada abaixo, se aconteceram marcas na minha cama e a cortina se movimentou é porque um de nós três seria o doador dessa energia.

– E por que não a Maria Rosa ou o Orestes?

– Simplesmente porque, apesar de eu ter ouvido o senhor e a mamãe terem falado que poderia alguém ter entrado aqui e um dos seguranças o ter ajudado a fugir, eu penso que realmente isso não aconteceu. E se não aconteceu, quando o piano foi tocado, só estávamos nós três bem próximos da casa. Eu não perguntei à Sandra qual a distância mínima necessária do médium para que esse fenômeno ocorresse.

Inácio, então começou a se interessar pelo que a filha estava dizendo e a animou a continuar.

– E por que você acha que não havia ninguém nesta casa?

– Porque, mesmo que um dos seguranças o tivesse auxiliado a fugir, ele não teria como sair daqui sem que os outros o vissem, o senhor não acha? Além do mais, ele somente poderia ter fugido pelos fundos, mas os nossos muros são muito altos, papai, e não há como subir neles.

– É... nisso você tem razão.

– Inácio, você está mesmo achando que existe a possibilidade de que o que está acontecendo possa ser obra de Espíritos? E se assim o fosse, por quê?

– Mabel, já está sendo um pouco difícil para mim acreditar nessa possibilidade, apesar de que sempre fui uma pessoa consciente de que o homem muito pouco conhece sobre esse assunto, com exceção, talvez, dos espíritas. Agora você quer que eu também diga o porquê de estarem fazendo isso... Eu não sei, querida, mas talvez possa existir essa possibilidade.

– Ainda se fosse um fenômeno paranormal, mas coisa de Espíritos... não posso crer e nem pretendo acreditar nisso.

– De minha parte, só espero que tudo isso não volte mais a acontecer – disse Marcinha –, porque é um pouco assustador, não?

– Sim, filha.

– Eu não acredito! E ponto final! – exclamou Mabel, demonstrando nervosismo e total radicalismo e ainda fez um repto. – E vou dizer mais: se isso for coisa de Espíritos, eu desafio esse Espírito a se manifestar aqui e agora. Não vou ter medo.

– Não brinque com isso, mamãe.

– Não estou brincando! Estou falando sério!

E Mabel falava sério mesmo. Tão sério a ponto de ser atendida.

Marcinha estava sentada ao lado do pai no sofá da sala de estar e Mabel numa poltrona defronte dos dois. Entre eles, havia uma mesinha de centro retangular, tampo de vidro, com vários objetos decorativos sobre ela, dentre os quais, numa das extremidades da pequena mesa, uma bola de vidro transparente com um de seus pontos levemente achatado para que pudesse ser mantida em qualquer superfície sem o perigo de rolar e cair.

Mas isso não foi suficiente para que, do nada, sem nenhuma intervenção dos três, ali presentes, ela, a bola, com uma ligeira oscilação inicial, rolou lentamente até a outra extremidade, interrompendo seu movimento retilíneo bem na beirada, como se alguém a tivesse impulsionado e contido a trajetória, fazendo-a parar, apoiada sobre o ponto base de sua estrutura, bem à frente de Mabel.

Mabel, tremendamente assustada com o que via, recolheu as pernas por sobre a poltrona, encolhendo-se toda.

– Meu Deus! Quem está fazendo isso? Pare! Por favor! Eu tenho muito medo!

Inácio, por sua vez, manteve a calma e, vendo o nervosismo da esposa, disse:

– Fique calma, Mabel. Venha sentar-se aqui conosco.

– Não! Eu não saio daqui enquanto essa bola não voltar para o seu lugar.

E ficou aguardando até que a esfera lentamente retornasse à posição de origem e, então, a mulher correu para os braços de Inácio.

– Meu Deus! Eu acredito... Eu acredito...

Não devia ter desafiado... Nunca mais... Mas o que vamos fazer?

E foi Inácio quem respondeu:

– Vamos fazer o seguinte: Marcinha, por favor, ligue para essa sua amiga Sandra, conte-lhe o que está acontecendo e peça a ela para que nos indique algum espírita que possa nos orientar. Alguém que possa nos dizer o que devemos fazer ou, talvez, resolver esse problema.

– Eu vou ligar, papai, mas por favor, apanhe o telefone.

– Vou buscá-lo.

E Marcinha contou tudo para a amiga, com todos os detalhes, e ela disse que iria entrar em contato com um senhor, de nome Sanches, dirigente de trabalhos espirituais do Centro Espírita que frequentava, e que voltaria a ligar.

Inácio, Mabel e a filha, após chamarem Maria Rosa e Orestes, e lhes narrar tudo o que acontecera, continuaram a aguardar pacientemente o retorno de Sandra.

17
A REVELAÇÃO DE MARIA ROSA

QUANDO O TELEFONE TOCOU, A JOVEM O atendeu e falou com a amiga.

– Quando, Sandra...? Hoje...? A que horas? Às quatro horas da tarde... Sei... Você o trará até aqui... Sim... Estaremos esperando-os. Que Deus lhe pague, minha amiga. O quê? Sim, sim. Iremos fazer tudo normalmente. Não, ainda não almoçamos... Tudo bem... Pode ficar tranquila... Até mais, Sandra.

– O que ela disse, filha? – perguntou Mabel.

– Ela trará o senhor Sanches por volta das dezesseis horas.

– E o que ela falou sobre fazer tudo normalmente?

– Ah, sim. Ela nos aconselhou a ter muita calma e que fizéssemos tudo normalmente, como estamos acostumados. Que almoçássemos, enfim, que não nos abalássemos tanto com isso.

– Como não nos abalarmos? – perguntou a mãe.

– Bem – disse Maria Rosa – o almoço já está em andamento. Devo servi-lo quando estiver pronto?

– Sirva, sim, Maria Rosa, por favor – pediu Inácio, mais tranquilo, pois esse senhor viria até eles e talvez resolvesse a questão ou os aconselhasse o que fazer.

– Se contássemos o que aconteceu aqui nesta sala, ninguém iria acreditar – comentou Mabel.

– Pois eu acreditaria, sim, dona Mabel. Eu já

vi isso ocorrer algumas vezes em minha vida – disse Maria Rosa.

– Já? E onde?

– Em minha casa e, inclusive aqui, nesta casa.

– Você já viu acontecer aqui? – perguntou Inácio.

– Já, senhor Inácio, e só não falei nada porque preferi não os incomodar.

– E quando foi isso?

– Há umas quatro semanas, mas só acontecia quando vocês não estavam aqui.

– E o que acontecia?

– Primeiro, foram alguns ruídos no andar de cima até que ouvi o piano ser tocado.

– E o que fez?

– Eu fui até o pé da escada e perguntei se havia alguém lá e o piano parou de tocar.

– Mas por que não nos disse nada quando lhe contamos ontem que alguém estava tocando o piano e que o vaso havia rolado escada abaixo? – perguntou Mabel.

– Perdoem-me, por favor, mas eu fiquei com medo de que nos despedissem, eu e Orestes.

– Despedirmos vocês? Por que, Maria Rosa?

– Porque eu sempre soube que tinha uma mediunidade especial que é chamada de mediunidade de efeitos físicos.

– Foi o que Marcinha nos relatou sobre o que sua amiga Sandra lhe dissera sobre essa mediunidade.

– Também não sabia se iriam acreditar em mim, mas quando me contaram que, assim que chegaram em casa, o piano tocava, concluí que algum de vocês também deveria possuir esse tipo de mediunidade, pois eu não estava presente.

– Um de nós?

– Sim.

– E o que tocavam no piano, nas vezes em que ouviu?

– Música clássica muito bem executada.

– E você, alguma vez, permitiu que a tocassem por inteiro?

– Sim. No começo, eu falava alguma coisa e paravam, mas, depois, passei a não dizer nada e fiquei só ouvindo, sem me importar com a causa.

– Mas não teve medo?

– Não vejo perigo num Espírito que execute aquelas músicas, senhora.

– Por que nunca ouvimos quando você estava aqui? Por que só você ouvia?

– Deve ser porque perceberam que eu nunca liguei e nem disse nada a vocês e a ninguém.

– Por que você fala no plural, Maria Rosa, e não no singular, quando se refere a quem toca o piano?

Porque tenho um pressentimento de que sejam dois Espíritos.

– Dois Espíritos? – perguntou Inácio.

– Imagino que sim.

– Mas você os viu?

– Não, mas cheguei a ouvir sussurros, sem entender o que diziam, mas pude perceber que eram dois que conversavam, um com o outro.

– Você frequenta algum Centro Espírita, Maria Rosa? E Orestes? Sabe dessa sua mediunidade? – perguntou Mabel.

– Não frequento não, senhora, mas o Orestes sabe sobre o que acontece comigo.

– E ele não tem medo?

– Ele não liga e até mesmo gostou de ouvir o que o piano tocava.

– Ele ouve também, não é, Maria Rosa? – perguntou a garota.

– Todos ouvem. Vocês mesmos ouviram.

– Isso é verdade.

– Bem, peço-lhes novamente desculpas e, quem sabe, quando esse senhor Sanches chegar, ele nos oriente sobre o que fazer ou o que ele poderá fazer.

– Não precisa se desculpar mais, Maria Rosa, e nem iremos despedi-los – comentou Inácio, sorridente.

A mesa foi servida e o silêncio era total durante o almoço, todos ainda tensos com aquela situação.

18
ELUCIDAÇÕES

ÀS QUINZE HORAS E QUARENTA MINUTOS, A campainha tocou e Maria Rosa fez entrar na sala, onde todos se encontravam, a amiga de Márcia e um senhor bastante simpático, aparentando um pouco mais de cinquenta anos de idade, chamado Sanches.

– Boa tarde, senhor Sanches, esteja à vontade e agradecemos por ter vindo à nossa casa, mas Sandra deve ter-lhe contado que estamos com um problema que não compreendemos – disse Inácio.

E, após todos os cumprimentarem, e convidados a se sentarem, o homem disse:

– Não precisam me agradecer por ter vindo, pois estou sempre à disposição dos que porventura necessitarem de algum esclarecimento.

E Inácio, auxiliado por Mabel e Marcinha, relatou tudo o que vinha ocorrendo, culminando com o episódio da esfera de vidro.

– Bem, meus irmãos, acredito tratar-se de um fenômeno, não muito frequente, mas conhecido, provocado por um tipo de mediunidade, chamada de mediunidade de efeitos físicos.

Nessa ocorrência, um ou mais Espíritos, sem nem mesmo, na maioria das vezes, saberem como isso funciona, provocam movimento de objetos, estalidos, ou até mesmo combustão, com a utilização de fluidos doados por um tipo de médium. Com certeza, um de vocês possui essa mediunidade.

– São Espíritos mesmo, senhor Sanches? – perguntou Mabel.

– Sim e é preciso que compreendam que a

morte ocorre apenas com o corpo físico e o Espírito continua vivo, num outro plano, numa outra dimensão que é a da verdadeira vida, que é a espiritual.

– Mas ficam por aqui, entre nós? – perguntou Marcinha.

– Nem sempre. O ideal é que os Espíritos continuem a viver nessa outra dimensão que lhes falei. Para que entendam melhor, devo dizer-lhes que a maioria das pessoas acham que nós temos um Espírito quando, na realidade, nós somos Espíritos que possuem um corpo.

E quando este nosso corpo adoece e não consegue mais manter em funcionamento sua organização fisiológica, ele morre. O corpo morre e o Espírito se liberta dele.

De qualquer forma, neste momento, seria impossível eu, com poucas palavras e em pouco tempo, explicar a vocês como tudo funciona, mas apenas para terem uma ligeira ideia, irei elencar alguns pontos básicos da vida.

Em primeiro lugar, devo lhes explicar que o plano espiritual, para onde os Espíritos retornam, quando da morte do corpo físico, possui várias gradações ou dimensões de locais habitáveis.

Um deles é para onde são atraídos os Espíritos inferiores, quero dizer, aqueles que ainda não aprenderam a viver no caminho do Bem e esses locais, nas variadas esferas da espiritualidade, são bastante diferentes uns dos outros, mas posso lhes adiantar que são locais onde a dor e o sofrimento são uma constante, assim como, mal comparando, esses presídios onde a lei do mais forte é a que impera.

Mas há lugares onde os Espíritos, assim que desencarnam, passarão por um tratamento hospitalar a fim de serem curados dos mesmos males que lhes provocaram a perda do corpo físico.

Isso porque os Espíritos se revestem de um outro tipo de corpo que chamamos de perispírito, apenas numa outra dimensão, com outra vibração, digamos atômica, porque são também constituídos por átomos que, assim como os átomos do corpo material, são, por sua vez constituídos pelo fluido universal, criado por Deus.

E, reforçando o que acabei de lhes dizer, essa constituição atômica encontra-se numa outra dimensão, por força da vibração diferente de seus átomos.

– Há hospitais nesse plano?

– Sim e até bem mais evoluídos. Há hospitais, escolas, moradias, produção de móveis, vestimentas, enfim, tudo de que um Espírito, ainda carente desses recursos, necessita. E, como não poderia deixar de ser, administração dessas verdadeiras cidades espirituais.

– Meu Deus, nunca havia pensado nisso – exclamou Mabel.

– A vida não dá saltos, senhora, e ninguém se transforma em santo apenas porque desencarnou e não fez o mal quando na Terra. Na verdade, para se tornar um Espírito mais evoluído moralmente, é necessário praticar o bem constantemente. E uma só vida no corpo físico não seria suficiente para aprendermos tudo, ou seja, necessitamos passar pelas mais variadas experiências e situações da vida. Para isso, a necessidade das várias encarnações, que significam oportunidades que Deus nos concede para irmos aprendendo e evoluindo moralmente.

Até pelas experiências da riqueza, da pobreza, das deficiências físicas ou mentais, se forem necessárias, muitas vezes teremos de vivenciá-las dentro desta escola de Deus, onde nada é castigo, mas sim, oportunidades de aprendizado.

– E quanto a esses Espíritos que perambulam pela Terra, como é o caso deste ou destes que se comprazem em nos assustar com esses fenômenos?

– Bem, geralmente, o Alto permite que isso ocorra com alguma finalidade específica, porque na vida nada é por acaso.

– E por que conosco?

– Já iremos chegar lá. As comunicações, o intercâmbio do plano espiritual com o material sempre existiram. O que acontece é que, por vezes, há Espíritos que se comprazem em fazer o mal, mas também há aqueles que fazem o que fazem pelo bem de alguém.

– E neste nosso caso?

– No caso, em questão, percebo, através da minha mediunidade de vidência, que é a de visualizar Espíritos, quando necessário, e sempre amparado por irmãos mais elevados do plano espiritual, que se trata de um casal de Espíritos que, bondosamente, vem provocando esses fenômenos a fim de chamarem a atenção de vocês para a Doutrina Espírita.

E a maneira que encontraram para isso foi através da mediunidade de efeitos físicos de Márcia e da senhora Maria Rosa.

– Eu? – perguntou a jovem, um pouco preocupada.

– Sim – respondeu o senhor Sanches – pelo menos é o que estão me relatando.

– Foi o que eu disse há pouco – interrompeu a empregada – Eu sei que possuo essa mediunidade, mas pela maneira como tudo vem ocorrendo, imaginei que um de vocês também a teria.

19
UMA TERNA EMOÇÃO

– E O SENHOR ESTÁ VENDO ESSES ESPÍRI-
tos?

– Vejo, sim, e são Espíritos bondosos e que, com certeza, detém grande amor por todos vocês.

– E que toca maravilhosamente um piano? – perguntou Mabel.

– Sim, o casal está sorrindo e o homem apontou a esposa quando você fez essa pergunta.

– É ela quem toca, seu Sanches? – pergun-tou Marcinha.

– Isso mesmo.

– O senhor poderia descrevê-los para nós, quer dizer, como eles se apresentam? perguntou Mabel, visivelmente emocionada.

– Trata-se de uma senhora de seus sessenta e poucos anos, muito elegante no porte. Seus cabelos se encontram presos num coque, veste-se com uma saia até os pés, cinza-claro, e uma blusa branca com rendas no colarinho alto que, por sua vez, fecha-se com um broche dourado, possuindo ao centro uma pedra negra com uma clave de sol, também dourada.

– É minha mãe Carmela, senhor Sanches! – exclamou a mulher, com a voz embargada por leves soluços. – E o homem?

– Pouca coisa mais alto que a esposa, cabelos cortados bem curtos e grisalhos, muito simpático e com uma característica.

– Qual, senhor Sanches? – perguntou Mabel, já certa do que o médium iria lhe revelar.

– Possui uma mancha redonda de cerca de

uns dois centímetros de diâmetro na têmpora esquerda e pequenina cicatriz no queixo.

– É o meu pai! Meu pai e minha mãe!

– E eles dizem que a intenção não era a de assustá-los, mas a de, como eu disse, alertá-los sobre o fato de a vida realmente continuar depois da morte do corpo físico. Diz a sua mãe, senhora Mabel, que vocês todos, incluindo eles, viveram, numa vida passada, muitas dificuldades e que, por esse motivo é que reencarnaram nesta família e que souberam aproveitá-la muito bem como uma oportunidade que Deus lhes concedeu. E o seu pai, que diz chamar-se Domingos...

– Meu pai Domingos! – exclamou Mabel.

– Vovó e vovô! – exclamou Marcinha, por sua vez.

Sanches aguardou as duas se recuperarem da emoção e continuou:

– Domingos diz que gostaria muito que tivessem conhecimento sobre a Doutrina Espírita, mas que deixa, a critério de vocês, conhecerem-na ou não. E que não devem se esquecer nunca de que o ponto mais importante dessa religião é que ela, além de lhes descortinar o que realmente é a vida, com certeza os direcionará ao Cristianismo, aos ensinamentos de Jesus, o verdadeiro e único caminho para a felicidade.

– E como poderíamos conhecê-la, senhor Sanches? Através de livros? – perguntou Inácio.

– Se quiserem, poderei orientá-los quanto a isso. Possuímos cursos no nosso Centro Espírita, mas não através de ensinamentos impostos e, sim, com a oportunidade de raciocinarem a fim de compreendê-la em todos os seus sentidos. E também poderão conhecê-la através dos livros, principalmente com as obras de Allan Kardec e de vários Espíritos, entre eles, André Luiz e Emmanuel, que nos trouxeram muitos ensinamentos por meio da mediunidade de Francisco Cândido Xavier.

– Chico Xavier? – perguntou Mabel.

– Isso mesmo.

– Gostaríamos muito de frequentar esses

cursos – disse Inácio, seguido da mesma intenção por parte de Mabel, Marcinha, Maria Rosa e Orestes.

– E quanto à nossa mediunidade, senhor Sanches? Minha e da Marcinha? – perguntou Maria Rosa.

– Eu as aconselho a tomar passes no Centro, a fim de que, com o auxílio dos Espíritos, ela possa ser amenizada para depois vocês aprenderem a controlá-la. Tudo isso com muito estudo. Também se faz necessário que participem de movimentos caritativos, pois o trabalho no Bem é o mais eficaz remédio para qualquer dificuldade do corpo e do Espírito.

– E mamãe e papai? Continuarão aqui? Gostaríamos tanto de vê-los. – perguntou Mabel, com lágrimas nos olhos.

– Eles estão dizendo que chegou a hora de voltarem para a verdadeira vida, pois a tarefa que desejavam realizar, já se encontra cumprida com sucesso. Mas...

– Mas...

– Querem despedir-se de vocês e, para tanto, sua mãe pretende fazê-lo da maneira que mais lhe toca o coração.

– Vai tocar piano?

– Isso mesmo.

E, então, linda e comovente melodia se fez ouvir.

Marcinha, não resistindo, subiu as escadas lentamente e pôde ver as teclas do instrumento movimentarem-se, movidas pelas invisíveis mãos de sua querida avó materna, sentindo ainda as vibrações serenas, de amor puro e verdadeiro, no abraço carinhoso de seu avô.

FIM

IDE | Conhecimento e educação espírita

No ano de 1963, Francisco Cândido Xavier ofereceu a um grupo de voluntários o entusiasmo e a tarefa de fundarem um periódico para divulgação do Espiritismo. Nascia, então, o Instituto de Difusão Espírita - IDE, cujos nome e sigla foram também sugeridos por ele.

Assim, com a ajuda de muitas pessoas e da espiritualidade, o Instituto de Difusão Espírita se tornou uma entidade de utilidade pública, assistencial e sem fins lucrativos, fiel à sua finalidade de divulgar a Doutrina Espírita, por meio de livros, estudos e auxílio (material e espiritual).

Tendo como foco principal as obras básicas de Allan Kardec, a preços populares, a IDE Editora possui cerca de 300 títulos, muitos psicografados por Chico Xavier, divulgando-os em todo o Brasil e em várias partes do mundo.

Além da editora, o Instituto de Difusão Espírita também se desenvolveu em outras frentes de trabalho, tanto voltadas à assistência e promoção social, como o acolhimento de pessoas em situação de rua (albergue), alimentação às famílias em momento de vulnerabilidade social, quanto aos trabalhos de evangelização infantil, mocidade espírita, artes, cursos doutrinários e assistência espiritual.

Ao adquirir um livro da IDE Editora, além de conhecer a Doutrina Espírita e aplicá-la em seu desenvolvimento espiritual, o leitor também estará colaborando com a divulgação do Evangelho do Cristo e com os trabalhos assistenciais do Instituto de Difusão Espírita.

www.idelivraria.com.br

idelivraria.com.br

Pratique o "Evangelho no Lar"

Aponte a câmera do celular e faça download do roteiro do **Evangelho no lar**

Ide editora é nome fantasia do Instituto de Difusão Espírita, entidade sem fins lucrativos.

📷 ideeditora   f ide.editora   🐦 ideeditora

◀◀ DISTRIBUIÇÃO EXCLUSIVA ▶▶

Av. Porto Ferreira, 1031 | Parque Iracema
CEP 15809-020 | Catanduva-SP
📞 17 3531.4444   ⊙ 17 99257.5523

📷 boanovaed
▶ boanovaeditora
f boanovaed
🌐 www.boanova.net
✉ boanova@boanova.net

Fale pelo whatsapp

Acesse nossa loja